千里眼 ファントム・クォーター

松岡圭祐

角川文庫 14549

JN285452

目次

千里眼の女　7
幸運　17
ストップ安　28
マトリョーシカ　35
確率　48
ステルス・カバー　59
ワンセグ　75
EMDR　82

白バイ 92
ゲーム 96
オペレーター 105
赤い電話 114
占い師 124
ウェルダン 138
主題 149
礼拝堂 153
鐘塔 165
ガス室 174
教官 187
S席 195

カウンセラー　199
未来予知　206
視界　219
三か月後　228
訪問者　236
一発必中　242
賭け　248
標的　251
孤独　259
バラード　264

解説　三浦天紗子　271

千里眼の女

シベリアの港町ナホトカは、思いがけなく手に入った珍しい物、という意味のロシア語にその名を由来している。

そんなナホトカにはいまも、金に糸目をつけず珍品をほしがる連中がいる。ベルデンニコフ一家などその典型だ。

とはいえ、ロシアン・マフィアとして名高い彼らの求めるものは物騒きわまりない。軍の横流しの武器に密輸された骨董品《こっとう》、麻薬、賞金のかかった逃亡者の首、そして情報。世間には取るに足らないことであっても、闇の世界でなんらかのビジネスに手を染めている彼らにとっては是が非でも得たい、価値ある情報。

ワディム・アサエフは情報屋稼業二十六年のベテランだったが、そんな彼にあっても、この依頼人には苦手意識があった。ナホトカの日本人墓地にほど近いチハオケアンスカヤ駅で列車を降りたとき、寒気に思わず身を震わせる。

市街地を覆いつくす白い雪のせいばかりではない。ベルデンニコフ一家の依頼を引き受けた以上、その行き着くところはふたつしかない。札束、もしくは死だ。

どんよりと曇った灰色の空の下、レーニン通りに歩を進めて、酒場の看板のある角を折れて路地裏に入る。

尾行がないことを確認して、一見、老朽化したアパート風のビルの地下へつづく階段を降りていった。

カビの匂いのただよう地階の扉。しかしアサエフは、それが見せかけにすぎないことを知っていた。

帽子をとって扉の上部を見あげる。この古風なエクステリアに似つかわしくない、真新しい赤外線暗視カメラのレンズに目を合わせる。

このバイオメトリクス認証が、虹彩《こうさい》のみを判別しているのか、それとも顔全体を識別しているのか、システムの詳細はあきらかではない。だが、レスポンスは瞬時だった。短いブザーの音、そして扉の開錠する音が響いた。

扉を開けて足を踏みいれると、ふいに西欧風のシンプルモダンな内装が広がっていた。近年モスクワにできたアメリカ資本のナイトクラブのように、黒の壁紙で統一された装飾のない通路は、ブラックライトで妖《あや》しく照らしだされていた。

通路の先にはスキンヘッドの巨漢がいた。黒スーツは特注で仕立てたものだろうが、三人ぶんの生地を必要としたに相違ない。依頼を受けたときにも会った男だ。

アサエフは声をかけた。「ご機嫌いかがかな《カーク・ヴィ・パジヴァーイエチエ》、ボブロフ」

だがボブロフは黙って、部屋のなかに顎《あご》をしゃくるだけだった。

あいかわらず社交的な男だ。アサエフは心のなかで皮肉った。番犬は主人のいるところでは、沈黙しているものだ。

ボブロフの雇い主でもあり、現在のベルデンニコフ一家における最大の実力者、ベレゾフスキー・ベルデンニコフは、二階まで吹き抜けになったホールで、黒革張りのソファにおさまっていた。

彼が見つめているのは、映画館のように巨大なプロジェクター・スクリーンだ。映像はアメリカのCNNが伝える株式情報だった。

アサエフはその近くに立った。「ベレゾフスキーさん」

年齢は五十すぎ、額は禿《は》げあがり、銀髪を短く刈りあげた馬面の男。淡い青いろをした目が、暗視カメラでも仕こまれているかのように鋭く光る。

「アサエフか」ベルデンニコフは無表情につぶやいた。「一日遅れたな」

「申しわけありません。日本からの出国に手間取りまして、結局、稚内《わっかない》からコルサコフへの船便を……」

「情報は？」

口をつぐまざるをえない。無駄な会話を嫌う男だ。彼の機嫌を損ねることは賢明ではない。

懐から取りだしたディスクを、アサエフはしめした。「ここに」

「見せろ」とベルデンニコフはスクリーンに目を戻した。

緊張とともに、アサエフはAV機器が集中するコンソールに歩み寄った。ディスクを挿入して映像を切り替える。

画面に映しだされたのは、モノクロの映像だった。中央に井戸がある。薄気味悪いBGMが奏でられていた。

その井戸のなかから白い手があらわれる。髪の長い、げっそりと痩《や》せた日本人の女が這《は》いだしてきた。

ベルデンニコフが眉《まゆ》をひそめて、アサエフを見た。

苦笑してみせながら、アサエフは彼に近づいた。「お探しの女です。正確には、その娘ですがね。日本ではサダコと呼ばれて有名になってます」

静寂があった。ベルデンニコフの目はもういちどスクリーンに向き、またアサエフを見つめた。その口もとがわずかにゆがんだ。

と、その直後、ベルデンニコフの両腕が蛇のように猛然と襲いかかり、アサエフの胸ぐらをつかんだ。その瘦身《そうしん》からは想像もできない握力と腕力。直後、背が床に叩《たた》きつけられた。

一瞬のできごとだった。気づいたときには、アサエフは天井を見つめていた。

呆然《ぼうぜん》としていると、ベルデンニコフの靴底がアサエフの喉《のど》もとに食いこんできた。息ができない。アサエフは苦しくなってむせた。

「私はホラー映画がきらいでね」見下ろすベルデンニコフの顔に殺意のいろが浮かんでいる。「くだらん冗談で時間を浪費したがる輩《やから》は、もっときらいだ」

「お……お待ちを」アサエフは必死で声を絞りだした。「これは冗談ではなく……、御船《みふね》千鶴子《ちずこ》という〝千里眼の女〟は近年、この映画で日本人全般に知られるようになったんです。それまでは明治時代に透視能力を非科学的と断じられ、歴史の闇に葬られたも同然となっていました」

喉を圧迫する力が、わずかに弱まった。

ベルデンニコフは靴を遠ざけていった。「聞こう」

アサエフは乱れた呼吸を整えながら身体を起こし、立ちあがった。

「そのう……こういう大衆向けのホラー映画の題材になっているように、千里眼の御船千鶴子については日本でも、その生涯をまじめに振りかえる向きはないようです」

「しかし実際には偉大な功績を遺《のこ》している。三井財閥の依頼を受けて海底炭坑、万田《まんだ》坑を発見しているのだからな」

「そうです。明治三十七年、千鶴子が十八歳のときに海底の図面を見て、石炭の埋蔵量が最も多い採掘ポイントを一瞬で探しあてたといいます。ただしその後、千鶴子が茶筒のなかのメモ用紙の文字を透視するなどの実験に失敗し、千里眼がいかさま呼ばわりされるに至り、三井財閥もこれを社史に記録することをためらったようです」

ふんとベルデンニコフは鼻を鳴らした。「のちのユリ・ゲラーもどきの透視実験など眉《まゆ》唾《つば》だが、海底炭坑を発見した事実は大きい。熊本の漁村で、一介の漢方医院の娘として育っただけの女に、なぜそんな芸当が可能だったのか。知りたいのはそこだ」

「記録では、義理の兄の催眠によって彼女の能力が芽生えだしたとか……」

「催眠とオカルトを結びつけるのはナンセンスだ。催眠はただ、言葉の誘導によって人為的なトランス状態を発生させるだけのことだからな」

「しかし……。埋まってる石炭を見つけだす超能力なんて……」

「その言い方は気にいらんな。私は超常現象の信奉者ではない。現実主義者だ。科学を超越したように見える現象でも、この世で起きたことは実際には科学で説明できるはずだ。私はその奇跡の秘密を知りたいと願ってる」

「難しいですな」アサエフは頭をかいた。「御船千鶴子は世間にペテン師と見なされたことを苦にして、二十四歳の若さでみずからの命を絶ったんです。奇跡の秘密も彼女ひとりが抱きかかえて、墓に持っていっちまったんでしょう」

ベルデンニコフの目が、また不吉ないろを帯びはじめた。

「それがおまえの知りえたすべてか？」とベルデンニコフはきいた。

アサエフはあわててリモコンに手を伸ばした。「御船千鶴子と関係があるかどうか……。詳細は不明ですが、現代の日本で〝千里眼の女〟と称されているのは、岬美由紀《みさきみゆき》です」

ボタンを押すと、映像が切り換わった。

「ほう」とベルデンニコフがつぶやいた。

スクリーンに大きく映しだされたのは、フライトジャケットを身につけ、ヘルメットを携えて滑走路に歩を進めるひとりの女の姿だった。

髪を後ろで結わえ、颯爽《さつそう》と歩くその姿は、アジア人であることを除けばハリウッドの娯楽映画のワンシーンのようだった。

あどけなさの残る小さな顔に、人形のように大きな瞳《ひとみ》、すっきりと通った鼻すじ、りりしく結ばれた口もと。モデルのごとく抜群のプロポーションを誇るその身体の動きはしなやかで、足どりは豹《ひょう》を連想させる。

その女が格納庫前のエプロンに待機している戦闘機に向かっていく。ベルデンニコフがかすかに驚きの響きを帯びた声を発した。「F15か」

「そうです」アサエフはうなずいた。「岬美由紀、現在は二十八歳。二年前まで、航空自衛隊第七航空団第二〇四飛行隊に属し、女性自衛官としては唯一の戦闘機乗りでした。ロシア空軍にも記録が残っています。冷やかしの領空侵犯を試みたミグに、アメリカ空軍でいうトップガン級の驚異的な機動力で対処してきた自衛隊のF15がいると。退去を呼びかけてきたそのパイロットの声は、若い女だったそうです」

「二年前まで、といったな」

「ええ。その腕前にもかかわらず彼女自身は戦闘機部隊を好まず、救難隊への編入を希望したんですが、断られたようです。それがきっかけで除隊して臨床心理士の資格を取得、すなわちカウンセラーとなりました」

「この岬美由紀が、現代日本における千里眼の女か」

「ですが……。彼女がそう呼ばれたきっかけは、対面した人の顔を見て、瞬時にその感情を見抜いてしまうという特技にあるようです。カウンセラーは大なり小なり、相手の表情筋の動きで内面の感情を判断する知識を有しているそうですが、岬美由紀はその知識と、パイロット時代に培われた動体視力が結びついたことで、驚異的なほどの感情の読み取り能力を身につけるに至った……そういわれています」

「となれば、岬美由紀の千里眼が見抜けるのは、他人の感情だけということか」

アサエフは肩をすくめてみせた。「御船千鶴子にできたことが、岬美由紀にも可能だという裏づけは、率直にいってどこにもありません」

ふうん。ベルデンニコフは唸《うな》りながら立ちあがり、スクリーンに近づいた。

「だが」ベルデンニコフはつぶやいた。「近代日本に、海底炭坑発見という奇跡をなしとげた千里眼の女がいて、いまもまた千里眼の女と呼ばれる者がいる。きわめて興味深い」

そのとき、無言を貫いていたボブロフが、ふいに口をきいた。「リストに加えますか」

ベルデンニコフはしばし考える素振りをした。「そうだな、悪くない。早速、接触することにしよう」

「とはいえ」ボブロフは低い声でいった。「岬美由紀が本当に相手の表情から感情を読みとれるとなると、こちらの意図に気づくのでは……」

「そこは心配いらん。モスクワの人脈を使って間接的に働きかけるからな。事情を知らない人間を会いに行かせればいい」

ふたりの会話は、アサエフにとっては意味のわからないものだった。知りたいとも思わない。

自分はただ、ベルデンニコフの所望していた千里眼の女の情報を届けたにすぎない。そして、仕事は終わった。

「よろしければ」アサエフはいった。「いただくものをいただいて、この場から去りたいと思うんですが」

ベルデンニコフはこちらを一瞥《いちべつ》した。「よかろう。ここから去ることを許可する。ボブロフ、払ってやれ」

思わず安堵《あんど》のため息が漏れる。無事に報酬を得ることができそうだ。これほど心臓に悪い依頼人はいない。

だが、ベルデンニコフからボブロフに視線を移したとき、アサエフは凍りついた。

ボブロフの手にはオートマチック式の拳銃《けんじゅう》が握られていた。その銃口がアサエフに差し向けられる。

アサエフが一歩も動けないうちに、耳をつんざく銃声が轟《とどろ》いた。

引き金は引かれた。それがアサエフの最期の認識だった。

幸運

岬美由紀は、入学したばかりの小学校の校庭で、舞い散る桜の花を見あげていた。

その視界に映っているのは、自分よりずっと大きな父と、そして母だった。

両親はここでなにをしているのだろう。そうだ、ふたりは講堂の後ろのほうの席で、入学式を見守っていた。ふだん家では身につけたことのないような洒落《しゃれ》た服装をしているのは、そのせいだ。

母がなにかを喋《しゃべ》ったが、よく聞き取れなかった。その言葉は父に向けられたものだったからだ。

おとなの会話というのは、随所でわかりにくい。いまも父は笑っているが、なにを可笑《おか》しいと感じたのか、子供のわたしにはぴんとこない。

「そりゃそうさ」と父は、母を見つめながらつぶやいた。「以前は詭弁《きべん》にしか聞こえなかったんだけどね。いまになって、確信してるよ。娘のためなら死んでもいいと思ってる」

「またそんなこと」母は笑った。「おおげさね」

「ほんとさ。きみもそうだろ？　もし美由紀になにかあったら、命を捨ててでも助けにいくよ」父の目が美由紀に向けられた。見下ろす父のまなざしは優しかった。「な？　お父さんはいつでも美由紀の味方だよ」

その父の表情に、美由紀は見いった。

大頬骨《きょうこつ》筋と眼輪筋が同時に収縮している。すなわち、つくり笑いではなく、本当に笑っている。心の底から喜びを感じている。

父の瞳には、幼い美由紀の顔が映りこんでいた。わたしを見る目。そして、一片の曇りもなく愛情を注ごうとしている父。一瞬のうちに、それらすべてが確認できた。

よかった、と美由紀は思った。

人の感情を見抜けるようになったいまだからこそ、両親の気持ちが知りたかった。特に、あまり目を合わせることさえなかった父について、その本心をたしかめたかった。

いまはっきりわかる。父はわたしを愛してくれていた。わたしの将来を楽しみにしてくれていた。わたしは恵まれていた。

美由紀は両手を伸ばし、両親と手をつないだ。父が右手、母が左手。

そしてゆっくりと歩きだす。胸にはもう空虚さなどかけらも残っていない。温かさだけがある。

わたしと両親は、心を通わせあっている。いつも一緒にいる……。

と、そのとき、聞き覚えのある女の声がした。

母以外の女の声だった。「美由紀。ねえ、美由紀」


レム睡眠からの目覚めは、いつも急速だ。美由紀はその実感とともにベッドで跳ね起きた。

まだ焦点のさだまらない、ぼやけた視界。おなじみの光景がそこにあった。

寝室と、開け放たれた戸の向こうにリビングルームが見える。

美由紀にとっては不相応に広い部屋。アメリカン・ポップアート調のインテリアで統一したリビングには、白いグランドピアノも置いてある。

視界にとらえたそれらの要素がひとつずつ、美由紀の現状を再認識させる。

わたしは……子供ではない。二十八歳、空自を除隊して現在は臨床心理士だ。

思わずため息が漏れる。

マッハ二・〇の戦闘機を操るうちに培われた動体視力、のちに学んだ臨床心理学の知識と、表情筋から感情を読み取る方法。それらが結合して、心のなかを読む女などと喧伝《けんでん》されるようになった。マスコミがつけたあだ名は、千里眼。

両親は幹部候補生学校時代に事故死している。

複雑かつ数奇な人生の紆余《うよ》曲折ののち、偶然に備わったこの特技が、小学生だったころのわたしに使えるはずがない。

それなのに、夢のなかでは疑う気さえ起こらなかった。心から望んでいたのかもしれない。いまに至って、両親のわたしへの想いをたしかめたい、と。

ひとつだけ願いがかなうのなら、この技能を身につけたまま小学生のころに戻って、両親の顔をひと目でいいから見つめたい。胸の奥でそう望んでいたのだろう。

すべてが幻にすぎなかったと知り、美由紀は空虚な気分になった。いまさら願望を夢に見るなんて。

眠りから醒《さ》めて、意識がはっきりしてくる。

さっき聞きつけた女の声も夢だったのだろうか。妙にはっきりと聞こえた気がするが。

と、リビングからぶらりと人かげが現れた。

趣味のいいスーツに身を包んだ、美由紀と同世代の痩身《そうしん》の女は、にっこりと笑って指先にぶらさげたペンダントをしめした。

「これ、いいじゃない」高遠由愛香《たかとおゆめか》はいった。「どこで買ったの？　十字架《クロス》に埋めこまれているのは天然ダイヤでしょ？　カジュアルな服装のときの美由紀にぴったり」

由愛香か。

美由紀は頭をかきむしった。長いつきあいの友人だけに合鍵《あいかぎ》を持たせていたが、こんなふうに遠慮なくあがりこんでくるなんて。

「ねえ」由愛香はしきりにペンダントを眺めまわした。「このチェーン、長さはどれくらい？」

美由紀は仕方なくおしゃべりにつきあった。「四十センチ。クロスがかなり下のほうに来るから、白いシャツに合わせると似合うの」

「それはあなたの首の細さがあってこそでしょ。わたし、四十センチってちょっと中途半端な長さになっちゃうんだよね」

「由愛香。こんな朝っぱらからどうしたの」

「朝って。もう七時よ。ああ、美由紀は美人だからメイクもナチュラルで時間かからないって？　うらやましいわね」

「そんなこと言ってないんだけど。七時って……まだ三時間しか寝てないよ。きょうは昼からの出勤でいいのに……」

「だめよ。昼間に起きるなんて、まるでニートじゃない。どうしてもっと早く休まないの」

「人間って、カーテン締めきって朝の光を取りこまずにいると、一日二十五時間周期になるのよ。それが本来の人間の生活ペース。だから一日ごとに、一時間の時差ぼけを背負いこむことになる。週末の休日に夜更かししたりして、それを調整する」

「きょうは土曜でも日曜でもないわよ。夜更かしするのはこんなにいい部屋に住んでるからじゃない？　ほんと、いつ来ても広くてうらやましい」

「由愛香は一戸建てに住んでるでしょ。都心に百坪の家を持ってる独身女性なんてあなたぐらいよ。お店もたくさん経営してるし」

「あいにく、自宅は経営店舗の帳簿や備品の一時置き場になっててね。寝る隙間もないぐらいよ。都内のお店はバックヤードが狭くて困るわ。きょう届く厨房《ちゅうぼう》の流し、あのピアノの上に置かせてもらっていい？」

「え……」

「冗談よ。さ、起きた起きた。世間はもう朝よ」と由愛香はリモコンを手にとり操作した。

リビングルームのプラズマハイビジョンが点灯し、にぎやかな朝の番組の音声が響く。陽気な音楽にのせて、キャスターが天気予報を告げている。きょうの関東地方は快晴で、空気も乾燥して過ごしやすい一日になるでしょう……。

美由紀はベッドから起きだし、リビングへと歩を進めた。

しかし、空腹のせいかめまいがする。ふらついて、ダイニングルームの食卓の椅子に座りこんだ。

「ちょっと」由愛香が顔をしかめた。「情けない……。美由紀ってほんとに戦闘機に乗ってたの？　陸自で戦車に乗ってる女性自衛官は知ってるけど、彼女は女子プロレスラーみたいに体格よくて、みるからに健康そうだったよ」

「ゆうべなにも食べずに寝たから……」

「なんで？　こんな部屋に住んで、ベンツに乗ってるくせにじつは貧しいとか？」

「そうじゃないけど……。寝る前に食べると太るし」

「たくさん食べなきゃいいでしょ。ねえ、美由紀の靴のサイズっていくつ？」

「二十三・五だけど」

「ヒトの胃袋って靴のサイズと同じって知ってた？」

「それほんと？　大きすぎない？」

「嘘じゃないのよ。だから満腹するまで食べようとすると、かなりの量になっちゃうからさ……」

ふいにテレビから緊迫感を煽《あお》る効果音が流れだしたせいか、由愛香は口をつぐんだ。

テレビの画面には番組宣伝用のＣＭが映っている。顎《あご》ひげを生やした四十歳前後の白人が、鋭い目つきでたたずんでいた。

「超能力者スピン・ラドック緊急来日！」ナレーションが告げた。「FBIをも唸《うな》らせた驚異の透視能力で、日本の未解決失踪《しっそう》事件の真相を見抜く！　今晩八時『放送ノチカラ』お楽しみに」

由愛香が眉《まゆ》をひそめた。「どうなんだろね、こういうのって。胡散臭《うさんくさ》くても視聴率とればいいのかもしれないけど、被害者の身内もよく協力するね。本気なのかな？」

「たぶん信じてはいないんだろうけど、番組の作り手も説得のコツを心得てるんだろうね。ショーアップして大勢の人が観てくれれば、それだけ目撃者の情報が集まるから……とか、そんなふうに出演の約束を取りつけるんでしょ」

「透視なら、どこの馬の骨かわからない外人を連れてこなくても、ここに千里眼の女がいるのにねぇ」

「透視じゃないってば。千里眼でもないの」

「じゃ、わたしが今朝来た理由もわからないわけね」

「当然よ。なんの用？」

「それがね」由愛香は眉間《みけん》に皺《しわ》を寄せて、さも深刻そうな口ぶりで告げた。「残念なお知らせなんだけど……」

だが美由紀は、由愛香の眼輪筋の収縮を一瞬のうちに見切った。「すごくうれしいことがあって、わたしを驚かせに来たのね」

由愛香はため息をついた。「ったく……。せっかくサプライズを与えてあげようとしているのに、本心を見抜くなんて」

「ごめんね。で、なんなの？」

「驚きなさいよ。北欧の伝説のバンド、セブン・エレメンツが来日公演するって！」

「えー!?」美由紀は思わず我を忘れて大声をあげた。「ってことはボーカルのビクター・ポーカスも……」

「もちろん。ベースはドレッド・シンプソンだし、最強メンバー勢ぞろいですって」

「すごーい！」

「どうやら、千里眼でも見抜けないほど意外な事実だったみたいね。うれしい？」

「そりゃもう。セブン・エレメンツ大好き。いつもクルマを運転しながら聴いてるの。『ファスター・ザン・ユア・シャドウ』とか、バラードなら『ハウ・メニー・フェイセズ・ドゥー・ユー・ハヴ』とか」

「ビルボード一位の常連だものね」

「以前にヨーロッパ公演のチケットを片っぱしからネット予約したのに、まるで取れなかったのよ。日本でのコンサートを押さえるなんて、さすが由愛香」

と、由愛香の顔から笑みが消えた。「押さえるって？」

「え……？　チケット取れたんじゃないの？」

「まさか。けさプレイガイドで抽選があるから、一緒にいこうって誘いに来たのよ」

美由紀は落胆を禁じえなかった。「なんだ……。喜んで損した……」

「……まあ、そんなに肩落とさないでよ。少なくともわたしは幸せよ。美由紀がはしゃいで黄色い声あげて喜ぶなんて、滅多に見れないものが見れたし。とても二十八とは思えないわね。もともと若くみえるけど、女子高生みたい」

「茶化さないでよ。なんだかまた、ベッドに潜りたくなってきた」

「そんなこといわないで。ねえ、じつはね……ほんとはチケット取れてたのよ！」

大仰に叫ぶ由愛香をちらと見て、美由紀は暗い気分のままいった。「嘘。唇が下がってるし眼輪筋に活動がみられないじゃない。ぬか喜びはもうたくさん」

「あーあ。美由紀ったら張り合いがないわね。ま、いいわ。とにかく、出かける仕度して」

「どこ行くの？」

「プレイガイドに決まってるじゃない。朝十時には開店しちゃうし。早くいかないと、抽選券も手に入らないよ」

「んー。抽選かぁ。ジャンケンなら勝つ自信あるんだけど」

「いいから。わずかなチャンスにでも賭《か》けてみようよ。ほら。着ていく服なら見繕ってあげるから」

嬉々《きき》としてクローゼットの洋服の品定めに入った由愛香を眺めながら、美由紀はため息をついた。

わずかなチャンスに賭ける、か。運というものがあるとするのなら、いまはたぶん勝機ではあるまい。先日の旅客機墜落阻止で、ありったけの運を使い果たしたばかりなのだから。

ストップ安

美由紀は結局、クルマの運転のしやすいTシャツにジーパン、スニーカーというカジュアルな服装で出かけた。由愛香はそんな恰好《かっこう》では男と運は逃げると言ったが、美由紀は迷信に振りまわされるほうではなかった。

由愛香を助手席に乗せ、メルセデス・ベンツCLS550のステアリングを切って朝の銀座通りを駆け抜けた。

銀座四丁目の交差点に近づくと、和光の向かいの角を先頭にして歩道に長い列が伸びているのがわかった。

クルマを車道の脇のパーキングスペースに向かわせながら、美由紀はいった。「すごい。九時すぎだってのに、もうこんなに並んでる」

「だから言ったでしょ。のんびり構えてたら抽選券もなくなるって」

駐車してすぐに車外に降り立つ。駆けだした由愛香のあとを追った。

列は角を折れてからも歩道に沿って延々と伸びていて、先頭から四、五百メートルほどの距離にある証券会社のビルの前で、ようやく最後尾に行き着いた。

由愛香が息を切らしながらいった。「八十メートルを徒歩一分とする不動産屋の計算方法は常々納得がいかなかったけど、その気になればまずまずの速さで移動できるものね」

美由紀はこれぐらいの運動では、呼吸ひとつ乱れなかった。「コンサート会場はどこ？」

「全国十箇所のツアーっていうから、来日アーティストとしてはチャンスがあるほうだと思うよ。メンバーがドーム球場とかを嫌ったから、そうなったんだってさ。狙い目は名古屋のレインボーホールとか、静岡市民文化会館あたりじゃない？」

「静岡かぁ……。チケットがとれても、都内で仕事が入ったら行けないかもね」美由紀はつぶやきながら辺りを見まわした。

そのとき、証券会社のショーウィンドウのなかの電光掲示板が目に入った。

奇妙なことに、国内のあらゆる有名企業の株価がいっせいに値を下げている。それも、下げ幅が尋常ではない。まるでバブル崩壊、株価大暴落だ。

ところがそれは、日本企業にのみ限られているらしい。外資系の企業は逆にどこも急激な値上げに転じている。

画面が切り換わり、ニューヨーク市場の昨日の終値がでた。

こちらも、重工業を中心にあらゆる業種が高値をつけていた。アメリカに限らず、ヨーロッパ諸国や日本以外のアジア各国の企業がすべて軒並み高騰している。

「ね、由愛香。あれ、ヘンだと思わない？」

「え？　なにが？」

「製造業関連の日本の主要企業が株価を下げて、同じ業種の諸外国の企業がどこも上がってる。まるで投資家が揃って国内企業の株を売り、海外企業に乗り換えたみたい」

「トヨタ株を売ってゼネラルモーターズ株を買うとか？　そんな物好きいるの？」

「ええ。市場全般にそういう動きがあったとしか思えない。クルマ関連だと、シトロエンやボルボ、南アフリカのバーキンまで値上がりしてるのに、国内は日産からマツダ、スバルまで早くもストップ安。市場が開いたばかりだってのに、あの急落ぶりは異常よ」

「まあたしかに、そうかもね……。また不況になるのかな。飲食店のお客が減るのだけはかんべんしてもらいたいね。けど、タクシーがつかまりやすくなるのはいいかも。最近、また六本木あたりの運転手の態度が横柄になってきてたから」

「由愛香……。本気で心配してる？」

「してないよ、株は買ってないし。不況でも儲《もう》かってた店はあったしね」

セブン・エレメンツのチケット抽選を前にして、希望に心を奪われているからだろう、由愛香の返答はいい加減なものに思えた。瞳孔《どうこう》も開いて、瞬《まばた》きも少ない。自律神経系の交感神経が優位な状態になっている。つまり、夢中になりすぎて半ばトランス状態の境地に達しつつあるということだ。

美由紀は逆に、あれだけ欲しがっていたチケットについてほとんど考えなくなっていた。経済界の不穏な動向ばかりが気になる。どうして世界の投資家が日本企業から離れていくのだろう。まるで一国が戦争に突入する前夜のような値動きだ。

そのとき、プレイガイドの従業員らしき男が、数百枚のカードを扇状にひろげて歩み寄ってきた。

「抽選前の整理券です」と男はいった。「お探しのアーティスト名の券を、お一人様一枚お取りください」

無数のアーティスト名が並んでいたが、美由紀はすかさずそのなかからセブン・エレメンツの名をふたつ見つけだし、二枚の整理券を抜きとった。

従業員は澄ました顔で、背を向けながらつぶやいた。「セブン・エレメンツ以外なら、抽選なしで即購買できるのに。売れないものは売れないな」

前方を見やると、当然のことながら誰もがセブン・エレメンツの整理券ばかりを手にしている。販売側としては、この機に乗じてほかのチケットを買わせたいところなのだろう。

由愛香がなぜか驚きの表情を向けてきた。「美由紀。いまの、すごくない？」

「なにが？」

「あんなにたくさんのアーティスト名のなかから、よくセブン・エレメンツを瞬間的に見つけられたわね」

「ああ……。心理学でいう選択的注意よ」

「なにそれ？」

「好きなアーティストの名前が頭に焼きついていると、ぼうっと新聞を眺めわたしただけでも、ふしぎと注意が喚起されたりするでしょ。それでよく目を凝らしてみると、そのアーティスト名が書いてあったりする。そういう経験、ない？」

「あるよ。最近じゃハマりすぎたせいか、セブンとだけ書いてあっても注目しちゃうし」

「それが選択的注意っていうものなの。無意識的に起きる心理作用だけど、うまく利用すれば、探し物をするときにいちはやく発見できるのよ」

「へー。千里眼」

「じゃないって。見えてないものは、見えないわけだし……」

携帯電話が鳴ったので、講釈は中断せざるをえなかった。美由紀は携帯を取りだした。

「もしもし」と美由紀は携帯に告げた。

「ああ、美由紀」多少うわずったような男の声。臨床心理士会の舎利弗浩輔だった。「すまないんだけど、いまから事務局に来られないかな」

「きょうは遅番だったはずだけど……」

「そうなんだけどさ。どうしてもきみに面会したいって人が来てるから」

「ほかの人に替われない?」

「それが、カウンセリングの相談者《クライアント》じゃないんだ。ロシア大使館の人らしくてね。カタコトの日本語で、きみに会いたがっているということだけはわかったんだけど……。きみ、ロシア語は?」

ロシア。

日本海を確信犯的に領空侵犯して挑発行為をするミグ機が、いまでも真っ先に頭に浮かぶ。彼らを追い払うために、あるていどのロシア語は習得せざるをえなかった。

「少しは話せると思うけど」と美由紀はいった。

「そりゃいい、頼むよ。僕の知ってるロシア語はピロシキぐらいのものだからさ」

「わかった……。じゃ、すぐ行くから」美由紀は電話を切った。

由愛香が迷惑そうな顔をした。「なんなの? またどこかに爆弾が仕掛けられたとか?」

「そうじゃないけど……。ごめん、仕事に行かなきゃ」

ため息とともに由愛香はつぶやいた。「この国が滅びそうだって話なら少しはわかるけどさ。あなたの専門って悩み相談でしょ？　そのうちわたしの愚痴も聞いてもらいたいんだけど」

「ほんとにごめん。抽選、わたしのぶんもやっておいて。あとでまた電話する」

美由紀はそういって列を離れ、クルマへと足ばやに急いだ。

気になって、株価の電光掲示板をちらと振りかえる。国内企業の銘柄に、ストップ安の表示が次々と点灯していく。

親友の由愛香は、本当に深刻な事態は国家の滅亡のみ、そういう趣旨のことを口にした。だがあの株価を見る限り、それは架空の話とは思えない。この国になにが起きているのだろう。なにが資本主義国家の事態を急変させているのだろう。

マトリョーシカ

　東大の本郷キャンパスにほど近い五階建てのテナントビル、その三階に臨床心理士会の事務局がある。美由紀はそのビルのエレベーターに乗りこんだ。

　臨床心理士はたいていこの事務局から呼びだしがかかるか、朝のうちに出向いて派遣される勤務先を決定する。

　文部科学省の要請で、スクールカウンセラーとして学校や教育センターに赴くことが多い。次が病院、児童相談所。裁判所や少年院、刑務所、ハローワークも馴染《なじ》みの仕事場だった。

　三階でエレベーターを降りる。待合室にはカウンセリングを受けにきた相談者たちの姿がちらほらあった。急ぎのカウンセリングを希望する人は、ここに直接やってくる。

　かつて事務局ではカウンセリングはおこなわない決まりだったが、いまでは要望に応《こた》えてフロアの奥を間仕切りし、いくつかの面接用の小部屋《ブース》に分けていた。

美由紀が事務室に向かおうとすると、舎利弗が声をかけてきた。「おはよう、美由紀。呼びだして悪いね」

「いえ」美由紀は笑いかえした。「空自のアラート待機中のスクランブル発進に比べたら、ぜんぜん苦じゃないし」

舎利弗浩輔は三十代後半、美由紀が臨床心理士資格を取得する前から指導を受け持ってくれた恩人でもある。

見た目は小太りで、頭は七三わけ、口ひげをたくわえていて年齢よりやや老けてみえる。それでも人柄は温厚そのもので、どことなく清潔で上品な印象もあった。事務局でひとり留守番していることが多く、交友関係もあまり多くないせいで、世のしがらみをあまり経験していないからかもしれない。

舎利弗は美由紀と並んで歩きながら、真顔でいった。「スクランブル発進って、やっぱり本当にあるんだ。サンダーバードみたいに飛びだしてくの?」

「えーと……。ロシアや北朝鮮機の領空侵犯に対処する措置として、発進を命じられるの。二十四時間、装備品一式をつけて待機するんだけど……。サンダーバードって? アメ車だっけ?」

「いや……。ああ、美由紀の年齢だとあまり知らないのかな。国際救助隊。人形劇なんだけど」

「へえ」

「滑り台みたいなのを滑り降りていって、マシンに乗りこんだり」

「人形が？」

「いや……ドラマのなかではいちおう人って設定で……。まあいいや」

マニアックなDVDをたくさん集めていることが舎利弗の趣味とは知っているが、美由紀が興味を持てる方向性とは違っているようだった。そのせいでしばしば会話が嚙《か》みあわない。

「あ、そうだ、美由紀。きみにいい知らせがあるよ」

「セブン・エレメンツが来日公演するって話でしょ。でもチケットはなかなかとれない」

「なんだ……知ってたのか」

「舎利弗先生もファンなの？　コンサートいくの？」

「いや僕は……。まあコンサートといえばコンサートなのかな、このあいだの日曜も秋葉原の石丸電気で見たけど」

「電器屋さんで？　コンサートのDVDってこと？」

「いや、ほんとの声《せい》……。アーティストが来て歌を歌うんでね」

「ふうん。電器店で……？」美由紀はホワイトボードの前で立ちどまった。

予定表の岬美由紀の欄に、研修生・萩庭《はぎわ》夕子《ゆうこ》赴任、と書いてある。

「これ、なんだろ？」と美由紀はつぶやいた。

「ああ、心理学を専攻してる二十歳の女子大生って聞いてる。臨床心理士をめざして勉強中だから、いちおう心理相談員見習いとして研修に来るんだ」

「どうしてわたしの欄に書いてあるの？」

「そりゃ、きみが指導するからさ。僕がきみにしたように」

「んー」美由紀は唸《うな》った。「まだわたしには早いんじゃないかな」

「そんなことないよ。きみは休みもせずに連日カウンセリングをこなしてる。経験も充分だ。働きすぎで身体を壊さないか、心配になるぐらいだよ」

「ご心配なく。疲労もストレスも皆無ってわけじゃないけど、適度に保たれてるから」

「そう。ストレスは警告反応、抵抗期、ひばい期のいずれぐらい？」

「抵抗期よりちょっとひばい期寄りなぐらい。自分ではそう思ってるけど」

「なら、早めに一日ぐらい休暇をとりなよ。ひばい期に入ると、情緒不安定になって自己のコントロールが効かなくなるよ」

「乱気流で機体を安定させるのとどっちが難しいのかな。ま、セブン・エレメンツのチケットが入手できたら、ストレスもなにもかもたちまち吹き飛ぶんだけどね。どこか頼りにできそうなコネいない？」

「難しいねぇ。ロシア大使館の人に聞いてみたら？」

「無理でしょ。セブン・エレメンツは北欧だけど、ロシアとは関係ないし……。で、来客のみなさんはどこに？」

「応接室Aだよ」と舎利弗は行く手のドアを指差した。

美由紀はドアに歩み寄り、軽くノックをした。

失礼します、と告げて入室する。

ソファに座っていたふたりの白人は、すぐさま立ちあがった。

ひとりは銀髪、もうひとりはこめかみを残して禿《は》げあがっている。いずれも四十代から五十歳ぐらい、役人が着るものよりは上質そうなスーツを身につけていた。

「はじめまして《プリヤートナ・パズナコーミッツア》、岬先生」銀髪のほうが愛想《あいそ》よく自己紹介した。「彼はアリーニン《エータ・ガスパヂーン・ガスパ》、私は《ジャー・アリーニン》バンデトフといいます《ミニャー・ザヴート・バンデトフ》」

差し伸べられた手を握りながら美由紀も笑みをかえした。「遅れてすみません《イズヴィニーチエ・ザアパズダーニイエ》」

舎利弗は怖《お》じ気づいたかのようにそわそわしながら、美由紀に告げてきた。「僕は失礼するよ」

「あ、はい」

「それと」舎利弗は小声で耳うちしてきた。「『惑星ソラリス』のラストシーン、どういう意味なのか聞いといてくれない？」

その質問自体がどういう意味か尋ねかえしたいところだったが、舎利弗はさっさと部屋をでていってしまった。

気を取り直して美由紀はふたりのロシア人に向かいあった。「なんの御用でしょうか《シトー・ヴィー・ジェラーイェチェ》？」

バンデトフはスーツケースを開けて、木彫りの人形のようなものを取りだした。顔料もニスも塗っていない、粗末な作りのものだった。

「マトリョーシカですよ」バンデトフはいった。「これはあるチェチェン難民の男の子が作ったものです。助けてくれる人に、せめてものお礼をとのことで」

「難民……ですか」

「ええ。独立派のチェチェン人がこのところテロに走っていることは、ニュースでお聞き及びと思いますが」

「それ以前に、ロシア政府がチェチェンの独立を認めようとしないせいで、反感を買ったのだと思いますが」

アリーニンが身を乗りだした。「チェチェンは憲法上、ロシア連邦の一部です。彼らは自由を叫ぶが、ロシア政府は連邦の平和を守る義務が……」

と、バンデトフが手をあげてアリーニンを制した。美由紀に向き直り、バンデトフがいった。「連邦政府はチェチェン情勢の正常化に尽力しています。二〇〇五年には共和国選挙もおこなわれましたし、安定に向けて着実に歩んでおります」

美由紀はやや醒《さ》めた気分で告げた。「紛争は泥沼化して、いまだに続いていると聞いていますが」

「たしかに……。まあ、政治的なことは横に置いて、われわれが気にしているのは難民問題なのです。長きにわたった内戦で、行き場を失った人々が周辺諸国に溢《あふ》れだし、大きな社会問題となってます」

「ロシア政府は難民の存在を無視しているそうですが」

「いいえ。政府はその立場上、公には認めにくいのですが、彼らの人権を踏みにじっているわけではありません。今年に入って現地の状況の調査が始まりました。その結果、難民の悲惨な実態があきらかになったんです。ボランティア団体による仮設の避難所などが各地に設けられていますが、食糧や医薬品も充分ではなく、子供たちも学校教育を受けられずにいます」

「調査なんかより、まずはチェチェンへの空爆をやめることが先だと思いますけど」

アリーニンはじれったそうにいった。「政府は努力しています。難民救済の第一段階として、諸外国から事態改善のために協力してくださる方をお招きするというのが、現政権の判断です。そこで、あなたにもお越し願いたいのです」

「わたしですか？」

「ええ」バンデトフがうなずいた。「臨床心理士として名高い岬美由紀先生なら、現地難民、とりわけ幼い子供や老人といった人々に安らぎを与え、教育などにも貢献していただけると思ったのです」

「あのう……。どうしてわたしに……」

「岬先生。あなたは以前、航空自衛隊の幹部であられた。イラクの平和に力を注がれた、その噂なら私どもも聞き及んでおります。それに、こうしてロシア語にも堪能《たんのう》でいらっしゃる。あなたほどの適任は世界広しといえども、数少ないでしょうな」

美由紀は黙って、テーブルの上のマトリョーシカを手にとった。

ナイフで削って作ったらしい。表面はいびつだが、中にはちゃんとひとまわり小さな同型の人形がおさまっていた。

ふたりの表情に、さほど深みのある感情は見てとれなかった。

嘘をついているわけではない半面、難民に対する同情心もない。ただ政府を通じて各国大使館に打診された依頼内容を、ふさわしいと思った人間に伝えにいく、それだけの仕事なのだろう。

「ところで」アリーニンは眼鏡をかけて、取りだした書類に目を落とした。「岬先生は、御船千鶴子という名をご存じですか」

「……はい。それがなにか……？」

「いえ。あなたにコンタクトをとるよう勧めてきた政府関係者が、この件についても尋ねておいてほしいと言っていましたので……。御船千鶴子は海底炭坑を発見したそうですが、いったいどうやったんでしょうね？」

なぜこんなことを質問するのだろう。

明治時代に千里眼の女とされていた御船千鶴子。わたしも現在、望んでもいないのに千里眼などと呼ばれたりする。そこを関連づけてのことだろうか。

訝《いぶか》しく思いながら美由紀はいった。「詳しいことはわかりませんが、御船千鶴子は世間がいうようなペテン師でもなければ、超常的な能力の持ち主でもなかったと思います。彼女は義兄の催眠誘導によってトランス状態に入ることを覚えていたわけですし、理性を鎮めて本能的すなわち客観的な観察眼を働かせることに長《た》けていた。いわば心理学的特性を生かした特技だったんでしょう」

「というと？」

「心理学に認知的不協和という理論があります。これは自分が真っ当だと思っている状況以外のものに反発を感じる作用なのですが、五感においても無意識のうちに生じます。山のなかで、鳥のさえずりや川のせせらぎなどの自然音ばかり聞こえているとき、ほんのわずかな電子音が遠方で聞こえただけでも、ひどく気になって緊張が喚起されることがあります。これは、自然音のみが普遍的な環境となっている場所で、人工音という相容《い》れない存在が認知的不協和を引き起こし、ことさらに意識にのぼりがちになる、そういうことだと考えられます」

「ふうん。すると御船千鶴子の海底炭坑の場合は、視覚でそれが起きたってことですか」

「おっしゃるとおりです。広大な海底の図面を眺めわたしたとき、一箇所だけ異質な形状をした部分が直感的に目にとまった。それが多くの石炭を埋蔵した場所だったということです。彼女にしてみればそこが埋蔵場所だということも、石炭が地層にどんな影響を与えてそのような変化をもたらしたのかもわからなかった。ですが、とにかく認知的不協和によってその場所の特異性を察知したんです」

「なるほど、そうですか……。つかぬ話ですが、岬先生もその認知的不協和を活用できるので？　御船千鶴子と同じことが、お出来になられるのですか？」

「現代なら海底の地層のあらゆるパターンをコンピュータに記憶させ、イレギュラーな場所を検索させることも可能だと思いますが……。まあ、認知的不協和は誰でも無意識のうちに働くことですから、わたしも例外ではないと思いますが……」

「御船千鶴子と同じことが可能、ということでよいですね？」

アリーニンはそういって、手もとの書類になにか書きこんだ。

猜疑心《さいぎ》が募る。

彼らの表情も態度も淡々としたもので、裏をかこうという欺瞞《ぎまん》の意志は感じられない。が、問題は彼らに指示をした人間の意図だ。

なぜいまさら、御船千鶴子なのだろう。千鶴子の能力とわたしの技能を等しく結びつけたがっているようにも思える。それが彼らにどんなメリットをもたらすというのか。

明治時代には超常現象と謳《うた》われた御船千鶴子の〝千里眼〟、その実態は心理学で説明がつく理論ばかりだった。それゆえに、戦後日本の心理学研究にも間接的ながら影響を与え、千鶴子の孫だった友里佐知子を通じ、現在のわたしの学習内容にも反映されている。

そういう意味では、わたしと千鶴子は無関係というわけではない。だが、能力を継いだというのには語弊があるし、事実でもない。

バンデトフが美由紀を見つめた。「よろしければ、明後日に成田《なりた》を発《た》つ予定でスケジュールの調整をおこなっていただきたいんですが」

「明後日?」美由紀は驚いた。「ずいぶん急な話ですね」

「なにしろ現地は、一刻も早い救援を必要としているので……」

「行き先はどこです? チェチェン国内ですか」

「それはまだ、詳しくはわかりません。難民はほうぼうに散ってますから、最優先で支援すべきと当局が判断した場所になるかと……」

「到着後、どのような活動をおこなうんですか。カウンセラーとして医師をサポートすることになるんでしょうか」

「それも、現地での判断を仰ぐことになるかと」

美由紀は口をつぐんで、ふたりのロシア人を眺めた。

彼らは具体的な方策について、何も知らされていないようだ。これで協力が得られると考えているとは、ずいぶん虫のいい物の見方だ。

とはいえ、検討すべきは彼らの態度ではない。美由紀は手もとのマトリョーシカに目を落とした。

これを彫ったという少年はどんな心境だったのだろう。どのような状況で、これを作ろうと決心したのだろう。そしていまもまだ、生き永らえているだろうか。

「もうひとつお尋ねしたいんですけど」と美由紀はいった。「この件の報酬は？」

バンデトフとアリーニンは戸惑いがちに顔を見あわせた。

アリーニンが口ごもりながら言う。「たいへん恐縮なんですが……。これはボランティア活動でして、お礼をお支払いするわけには……」

美由紀は思わず微笑した。「よかった。それなら、お受けする可能性もあります」

「は？」とバンデトフは意外そうに目を見張った。

「救済活動と称しながら関係者の飛行機代が支払われるなんて、矛盾してますから」美由紀はマトリョーシカの顔をそっと指先で撫《な》でた。「この人形ひとつで充分すぎるくらい」

確率

ふたりのロシア大使館員らを送りだしてから、美由紀は困惑を覚えつつ事務局のなかに戻った。

難民救済への協力には興味があるが、二日後に出発とは。もし承諾するのなら、あらゆる予定を先送りにしなくてはならない。

予約の入った相談者《クライアント》の了解が得られるかしら。軽い頭痛を覚えながら事務室に向かった。

そのとき、いきなり男の叫ぶ声が聞こえた。「いやだー!」

はっとして振りかえる。その声はカウンセリング用ブースから響いていた。さらに、どたばたと暴れる物音がつづく。

あわてて通路を駆け戻り、騒ぎの起きているブースのドアをノックした。「どうかしたんですか?」

ドアはきちんと閉じられておらず、美由紀のノックによって半開きになった。

小さな机をはさんで静かに語りあうはずの臨床心理士と相談者は、狭い部屋の隅でもみあいになっていた。

四十すぎの痩《や》せたサラリーマン風の男が、顔を真っ赤にして泣き叫んでいる。

彼の動揺を抑えようとしているのは、美由紀と同世代の臨床心理士、徳永良彦《とくながよしひこ》だった。

徳永は男の両腕をつかみながら、声だけは穏やかにいった。「古屋さん、どうか落ち着いてください。座って話しましょう。ね？」

「いやだ。話し合うなんて、まやかしだ。こんなところにいたら危険だ！」

「またそんなことを……」

「保証はあるのか。え？　もし取り返しのつかない事態でも起きたら、おまえがどうかしてくれるのか⁉」

「だからそれは……」徳永は振り向き、美由紀にいった。「すまない。手を貸してもらえないかな」

美由紀は面食らったものの、事態にはさほど驚かなかった。

臨床心理士をしていれば、いろいろな人間と出会う。この古屋という男も派手に騒ぎ立ててはいるが、それほど異常とは思えない。

近づこうとしたが、古屋は徳永の手を振りほどき、また暴れだそうとした。

すかさず美由紀は手首をとって捻《ひね》り、合気道の小手返しの要領で一時的に動作を封じながら、古屋を椅子に腰掛けさせた。

瞬時に椅子の上に引き戻された古屋は、なにが起きたかわからないらしく、きょとんとして美由紀の顔を見あげた。

「こんにちは」と美由紀は笑いかけた。「なにか悩みがおありなら、相談に乗りますよ」

「ああ……」古屋の顔はまた、緊迫したものになった。「ここにいちゃ危険だ。なにが起きるかわからん。というより、いつなにが起きてもおかしくない。俺はどうすりゃいいんだ！」

「どうか冷静に。なにが起きるっていうんですか？」

「なにがって、きみはテレビのニュース、観ないのか。株価が暴落してる。けさも預金を解約して全額引きだす客があとを絶たん。ただでさえ厳しいノルマを課せられてるのに、これじゃクビだ」

「ということは、古屋さんは銀行員なんですか？」

「そうとも。だが恐ろしいのはそればかりじゃない。全国で殺人が起きてる。このところ毎日のように、人が殺されたニュースが報じられている」

「ええ、そうですね。でも、古屋さん。日本には一億三千万人がいて、大多数の人は事件とは無縁に生きているんですよ。ニュースだけ観ていると陰惨な時代に思えますけど、それはごく一部のことで……」

「いいや！　気休めはよせ。俺は銀行員だ、数字には強い。殺人や傷害致死、強盗致死、業務上過失致死、放火での死亡。ぜんぶ足すと一年で千四百四十人。これに交通事故死の八千七百人を加えてみろ。十万人ごとに八人が殺されてるわけだ。〇・〇〇〇八パーセントの確率で殺されちまう。ほとんどゼロだとでもいうか？　限りなくゼロに近くても、ゼロじゃない。そのわずかな可能性に俺が当てはまらないとどうして言える？　ふいに、いきなり殺されるかもしれない。いま誰かが侵入してくるかもしれないってのに、どうしてそんなに落ち着いていられる？」

「なるほど。頭の回転がすばらしく速いですね」

「いや、それほどでも……。とにかく、きみもこんなところにいちゃいけない」古屋は徳永を指さした。「こいつに殺されないとも限らないんだぞ」

徳永はうんざりしたようにいった。「古屋さん……」

美由紀は徳永を振りかえった。「いいから。わたしにまかせて」

古屋は両手で頭を抱えて、震える声でつぶやいた。「駄目だ。想像するだけでも恐ろしい。急に殺される。刃物で刺される。あるいは、固いもので後頭部を一撃される。激痛、それから絶命だなんて……。ああ、いやだ。なんで殺人なんかあるんだ。この世は地獄だ」

「古屋さん」美由紀は話しかけた。「たとえば、この事務局のなかにいれば、他人の喧嘩《けんか》に巻きこまれて死ぬという確率が低いのはわかりますね？　事故についても、とっさに逃れることができることも考えられます。ただし、自分に殺意が向けられているときには、そうもいきません。つまりどこにいても恐れるべきは殺人です」

「そうだ……。そのとおりだよ」

「美由紀」徳永が当惑したように口をはさんだ。「助長してどうするつもりだよ」

「心配しないで」美由紀は徳永にそういってから、古屋に目を戻した。「殺人件数を人口総数で割ると、〇・〇〇〇一一パーセントってところですけど」

「そうだ。俺はその確率が恐ろしい」

「いまジャンボ宝くじの発売期間中ですけど、一等二億円の当選確率は何パーセントでしょうか？」

「ええと……。〇・〇〇〇〇〇一パーセントだ……。ほらみろ、宝くじに当たるより百十倍も高い確率で、殺されちまうんだ！　どうにもならん。警察に相談したって、まともに取りあってくれない。いつ不条理な殺され方をするか、わかったもんじゃないんだ」

「警備会社に相談にいったら？　自分専用のガードマンに守ってもらうとか」

「行ったさ。そしたら救急車呼ばれて、病院でここを紹介されたんだ。俺はな、おかしくなんかない。悠長にかまえている人間のほうが馬鹿なんだ。現実を見ろってんだ、現実を」

「本気でガードマンを雇おうと思ったんですか？　すごくお金がかかりますけど」

「安心できるなら家やクルマも売る覚悟だ。女房とは別れちまったし、なにもかも自分できめられる。でも金で解決できるなら、こんなに騒いだりしない。誰も請け負っちゃくれない」

「お金をかける覚悟がおありなら、ジャンボ宝くじを買いにいってはどうですか？」

「え……？」

「殺人という低い確率を信じられるのなら、宝くじが当たる確率も、本気で信じられると思うんですけど」

「馬鹿にしてるな。宝くじは当たらない、だから殺人も起きないというんだろ。だが、殺人ってのはな、宝くじより百十倍も高い確率で……」

「十一組、百十枚の宝くじをお買いになってください。そうすれば当たる確率は百十倍。殺人の起きる確率とまったく同じです」

古屋は口ごもった。「あ……まあ、そうかもしれないが……」

「ここを出て本郷通りの角に宝くじ売り場があります。いま買いに行ってください」

「いま？　……しかし、表に出たら通り魔が襲ってくることも……」

「それなら殺人の確率に当たったことになりますから、同確率の宝くじにも当選する可能性が充分にあるわけです。なんとか生きのびてでも購入すれば、当たるかも」

「そうか」古屋はふいに、妙に納得した顔になった。「……まあ、そう……だな。だが、外にでたら、ここを閉めちまうつもりじゃないだろうな」

「そんなことしません。戻ってきたら、また話しましょう。でも、ちゃんと百十枚買ってくださいね」

「わかった……。じゃ、ちょっと行ってくる」古屋は立ちあがると、カバンをたずさえてそそくさと部屋を出ていった。

徳永は倒れた椅子を元に戻しながら、美由紀にいった。「やれやれだよ。不安障害だ。自律神経系の活動が過剰だ」

「特定の条件に対する不合理な恐怖症ね。殺人への恐怖に近視眼的になりすぎてる。でも宝くじ当選に希望をみいだしているのだから、そうした不安は充分な物質的喜びに満たされることで解消されると、本人もうすうす気づいてる」

「結局、奥さんとの離婚を経験したうえに、職場をクビになるかもしれないっていう不安に起因してるってことだな。たしかに、けさの株価暴落は異常だったけどね。銀行屋さんや個人投資家があちこちでパニックを起こしてるって話も聞いたよ」

「でも古屋さんの場合は、そこまで心配いらないわよ。きっと安定を取り戻す」

「そうかな？　こっちの話を聞こうともしないし、精神科医に薬の処方を受けたほうがいいんじゃないか」

「だいじょうぶ。わたしにはわかるの」

「ふうん……。ま、きみがそういうのなら、そう信じることにしよう。助けてくれてありがとう。とはいえ、きのうはきみの相談者を僕が受け持ったから、おあいこかな」

「わたしの相談者って？」

「正確には、きみのカウンセリングを受けることを希望してた人ってことだけどね。水落《みずおち》香苗《かなえ》っていう、十八、九の女の子だった」

「次はいつ来るの？」

「いや」徳永は苦笑した。「もう来ないよ。よくある勘違いさんでね。幼少のころに辛《つら》いトラウマを抱えてて、カウンセリングでその記憶を取り戻したいとかいうんだ」

「ああ……。一時流行《はや》った自分探しの旅ってやつね」

「そうとも。抑圧された記憶だとか、トラウマだとかはフィクションで、現在は科学とは考えられていないと言ってきかせておいた。いろんなところで断られたみたいで、最終的に有名人のきみなら力を貸してくれると思ったみたいだ。夢追い人は、僕らみたいな無名人のいうことには耳も貸さないからね。それでも最後は納得してお帰りになったよ」

本当に納得してくれただろうか。

トラウマ論の幻想は根深い。一時期、そんなドラマや小説が世に溢《あふ》れたせいだ。実際に、トラウマからの脱却や記憶回復療法を売りものにした民間セラピストやカウンセラーも枚挙にいとまがない。

誤解が続いていたとしても、水落香苗に罪はない。事実はまだ、世に広く知れ渡っているとはいえないからだ。

携帯が鳴った。美由紀が取りだしてみると、液晶板には高遠由愛香の名が表示されている。

電話にでて美由紀はきいた。「もしもし。チケットの抽選、どうだった？」

「さっぱり駄目よ」由愛香の声が愚痴っぽく告げた。「ハガキの応募で百人ぐらいが当たる懸賞があるから、それに賭《か》けるしかないわね」

「ハガキの応募……。そう……」

「いまから雪村藍《ゆきむらあい》ちゃんとも合流して、喫茶店で一緒にお茶でもしながらハガキ書こうかって言ってるんだけど。美由紀も手伝ってくれない？　たくさん出したほうがいいし」

雪村藍は、美由紀と由愛香の共通の友人だった。そういえば彼女もセブン・エレメンツには熱をあげている。へたにチケットが一、二枚手に入ったら、三人の友情にひびが入るかもしれない。

とはいえ、コンサートを諦《あきら》められない自分がいる。それは否定できない。

「でも、いまからなんて……。勤務中だし」

「抜けだしてきてよ。千里眼の女に書いてもらったほうがご利益があるし」

「そういう仕事の方向性じゃないんだけど……。わかった、すぐいくから」

電話を切って、美由紀は徳永にいった。「ごめん。ちょっと急用で外に出るから」

「へえ。なんの用？」

「そのう……相談者の子が、こっちまで来れないっていうんで……」

「きみは嘘が下手だなぁ。千里眼と言われるほどなのに、自分の表情には気がまわらないのかい？」

同世代であっても、この分野では何年も先輩の徳永が美由紀の嘘を見破れないはずもなかった。

「あ……あの。すみません。セブン・エレメンツのことになると、つい夢中になっちゃって……」

「いいから、行っておいで」と徳永は笑った。「宝くじよりは、確率も高そうだからさ」

ステルス・カバー

美由紀はエレベーターで一階まで降りると、ビルのエントランスから路地に駆けだした。いつも由愛香と待ち合わせる喫茶店といえば、神宮外苑《がいえん》の銀杏《いちょう》並木だ。クルマで行き来すれば、それほど時間はかからないだろう。

駐車場のメルセデスに向かおうとしたとき、不審な黒のリムジンが一台、路地に滑りこんできた。

あのバスのように長い車体を、よくこんな細い路地に乗りいれられたものだ。そう思いながら眺めていると、リムジンは駐車場の前で停車した。

運転手がウィンドウをさげてこちらを見る。「岬美由紀元二等空尉であられますか」

その男の話し方も、鍛えあげた身体であることをしめす猪首《いくび》も、かつての職場をそのまま連想させる。

「そうですけど」美由紀は応じた。

ドアが開き、運転手はすばやい身のこなしで車外に降り立つと、後部座席のドアを開けた。

クルマに近づいてなかを覗《のぞ》きこむ。美由紀は息を呑《の》んだ。

航空自衛隊の制服を身につけた、頭髪に白いものの混じった初老の男。彫刻刀で刻んだかのような深い皺《しわ》が無数に刻まれた険しい顔つき。忘れようとしても忘れられない、その鋭い眼光。

「広門《ひろかど》空将……」と美由紀はつぶやいた。

「しばらくぶりだったな」広門は少し喉《のど》にからむ声でいった。「話がある。乗ってくれないか。むろんきみもいまは民間人だから、強制はできんが」

「あのう……わたし、神宮外苑まで出かけるところなんですけど」

「それなら、このクルマで行くといい。着くまでには話も終わるよ」

ためらいはよぎる。だが、広門友康《ともやす》は空自の上級幹部のなかでも無駄話を嫌う人種で、そのぶん必要と思われることしか口にしないはずだ。彼がみずから出向いてきた以上、無視できるレベルの話でもないのだろう。

失礼します、美由紀は告げて後部座席に乗りこんだ。

応接間のようにソファが向かいになったその空間には、もうひとりのスーツ姿の男がいた。

年齢は三十代前半ぐらい、ビンの底のように厚いレンズの丸眼鏡をかけている。その物腰から、防衛省の人間だろうと美由紀は察しをつけた。やはり以前に関わった職種の人間は、独特の空気感をもって感じられる。

ドアが閉められ、運転手がクルマを発進させた。

ほとんど揺れを感じさせない車内で、広門はいった。「先日の旅客機の件での活躍は聞いたよ。除隊しても元幹部自衛官にふさわしい働きを誇りに思う」

「どうも……」

「彼は」と広門はスーツの男に顎《あご》をしゃくった。「内部部局の防衛政策局、佐々木洋輔《ささきようすけ》だ」

「防衛計画課の所属です。どうぞよろしく」と佐々木は会釈した。

美由紀も頭をさげてから、佐々木にきいた。「周辺事態に不穏な動きでも?」

「ええ。まずはこちらをお手にとって、ご覧いただけますか」佐々木はソファの向こうから、長さ一メートル、直径五センチほどの透明な円筒を取りだした。

一見、ガラスかアクリル製にみえたそれは、触れてみるとゴムのような柔軟性を持っているのがわかる。無理な力を加えなくても、九十度以上の角度に曲げられるしろものだった。

「これがなにか？」

「まっすぐにして、円筒の上部から覗きこんでみてください。望遠鏡みたいに」

いわれたとおりにしてみると、当然のことながら向こうが透けてみえる。透明度は高く、鮮明だ。像が拡大されているわけではない、レンズの機能はないらしい。

ますます、何の用途のために作られた物かわからなくなった。「それで？」

「そのまま、円筒を曲げてみてください」

なかを覗いたまま、円筒をねじ曲げていく。驚いたことに、見えている像は変わっていく。うつむいているのに、広門らの顔が見える。

「これは……」

「どうです。びっくりしましたか？」

「ええ。……チューブを曲げても、光が円筒のなかをそのまま通るのね。だから一方の端を差し向けた方角の風景が、もう一方の端のなかに見える。柔軟な潜望鏡ですね」

「おっしゃるとおりですよ。それは発明者によってフレキシブル・ペリスコープと名づけられたそうです。自由な形に曲げられる潜望鏡という意味です」

「ほんとにふしぎ。どうやって……」

「理論自体は古くからあるものの応用です。幾何光学で説明されるように、光線は、異なる媒質の接合面で折れ曲がります。薄いアクリル・ゴム合成樹脂の透明な円盤状凹レンズ、および凸レンズ各二十万枚を、交互に重ねてから、その隙間に水の三倍の密度がある液体キセノンを封じこめ、周囲をゴムで密閉したものです。これにより、円筒の端から入った光は、円筒がどう曲がっていようとその内部に沿って屈折して進み、反対側の端に抜けるんです」

「すごい発明ですね。でも、これを潜水艦に装備する意義はあまり感じられませんけど。現代では小型のカメラはいくらでもあるし、直進以外の方向をモニターするのは難しくない」

「そうです。この大きさのフレキシブル・ペリスコープには、さほど実用性は感じられません。しかし、これがあくまで試作品にすぎないとしたら、どう思います？　目指すところは、これと同じ原理と仕組みを持ち、より細くつくられたものです。グラスファイバーで作られた、直径わずか〇・五ミリのフレキシブル・ペリスコープです」

「さあ……。一本では意味がないでしょうけど、複数集まれば……」

佐々木は大きくうなずいた。「七百万本も揃えれば、二メートル四方の面積をチューブの端でびっしり埋めつくすことができます。その表面はいわば、七百万画素のテレビ画面と同じです。いいですか。ある物体の片側の表面に、直径〇・五ミリのフレキシブル・ペリスコープの端を敷き詰め、物体側面にチューブを迂回《うかい》させて、反対側の表面にも同じようにもう一方の端を隙間なく並べる。どうなると思います？」

「光はチューブに沿って迂回するから、向こう側が見える。つまり物体は透けて見えるってことかな」

「そうですよ、岬二尉、いえ、岬先生」佐々木は興奮ぎみにいった。「『攻殻機動隊』って漫画をご存じですか。光学迷彩というものが現実になる日が来たんです。従来のステルス機は表面加工によってレーダー波や赤外線を反射せずに吸収することで、電子的に探知されにくくなっていましたが、当然ながら目視では視認できます。でもこの技術を併用すると、目にも見えない機体が実現するんです」

「そんなにうまくいくかしら……。繊維状のチューブを迂回させるといっても、かなりの体積になるし、機体の表面すべてを覆わなきゃいけなくなる。窓もしくは監視カメラがなきゃパイロットは外のようすを把握できないし、搭載兵器や翼の稼動部分を考えると、それらすべてにこのチューブの端を敷き詰めるなんて考えられない」

広門が冷静な声で告げた。「戦闘機ならそうだろうが、ミサイルに適用するとは考えられないか？」

「……ありえますね。理論的には可能でしょう。でも、自衛隊の装備にそのような発明を利用するのは、問題があると思いますけど」

「われわれが兵器として採用するわけじゃないんだ。なにより、コストが高くつきすぎる。それだけの本数の極細フレキシブル・ペリスコープを作るだけでも、防衛予算の十年ぶんぐらいは軽く吹き飛んでしまう計算らしい」

「そんなに……？　すると、たとえ米軍でも配備は不可能ですね」

「ところが」佐々木がスーツケースから書類を取りだした。「その不可能に挑んだ者がいるんです。イタリアのベネチアに本社があるアクア・マルタ社はグラスファイバー製造の老舗《しにせ》ですが、このほど持ちこまれた案に従って、じつに八千七百七十六万本もの極細フレキシブル・ペリスコープを作ったとのことです。これを電波吸収素材《RAM》を含むイディオス強化プラスチック製の巨大な容器の表面に加工したんです」

「巨大な容器というと……」

「これです」佐々木は書類を差しだしてきた。「全長五・五六メートル、直径〇・五二メートルの円筒形で、先端部分はドーム状に丸くなってます。円筒の途中に左右に伸びる翼がついています。耐熱設計も充分に考慮されてます」

　いやな予感を覚えながら、美由紀は書類に目を落とした。

　それは佐々木の説明どおりの物体を設計した図面だった。

極細フレキシブル・ペリスコープの端で表面を覆い尽くし、チューブは壁の内部に埋めこむ。物体そのものは、内部が空洞になった巨大な円筒形で、何かにすっぽり被《かぶ》せることを目的としているようだった。

そして、これがどんな物のカバーに使われるのか、空洞部分の形状をみれば察しはつく。

「トマホークね」美由紀はつぶやいた。「中に巡航ミサイルがぴったりとおさまるように設計されてる」

「そうとも」広門は苦々しい顔でうなずいた。「これをトマホークに被せれば、見えないミサイルの一丁上がりというわけだ」

それがどれだけ恐ろしい意味を持つか、空自の戦闘機部隊に籍を置いていた美由紀には充分に理解できた。

巡航ミサイルは艦船の垂直発射管からも、飛行機からも発射できる。射程は数百キロから数千キロ、あらかじめインプットされた地表の地図情報を参照して障害物を避けて飛び、目標に命中する。核の搭載も可能だ。

そのミサイルが、レーダーに探知されることもなく、目に見えることもなく飛来する。あらゆる防衛網は難なく突破されてしまうにちがいない。完全《パーフェクト》なるステルス兵器の襲撃を受けたのでは、どの国の防御も無力とならざるをえない。

しかしそれは、すべてが完全だった場合の話だ。

美由紀は佐々木に書類をかえしながらいった。「本当に見えないのかしら。飛行機雲で判別できるかも」

「アクア・マルタ社でこのステルス・カバーを受注した業者らによると、直射日光に対してはやや外郭が反射して浮かびあがることもあるようですが、曇り空の場合には十メートルも距離をおけば、ほとんど見えなくなるということです」

「ふうん。夜間ならミサイルのバックファイヤーが目立つだろうし、陽射しが強ければ、地上にわずかでも影がおちることはありうるだろうし……。そんなミサイルを使用するとなると、曇りか雨の日の日中ってところかしら。それで、そのステルス・カバーはどこに納品されたんですか？」

「それがまったく見当もつかないありさまで……。どこの誰が発注し、完成品を受け取ったのか、情報はまるで不明です。アクア・マルタ社で把握していた依頼人はただの使い走りにすぎず、その指示を出していた企業も代理だったようで……元をたどることは不可能のようです」

「巡航ミサイルは偵察衛星網を持つ国にしか扱えないはずです。それもトマホークとなると、アメリカとしか考えられないけど……」

広門は首を横に振った。「米軍の発注とは思えない。彼らは研究に手を染めていた形跡すらないんだ。それに、トマホークにしろ発射装置にしろ、金に糸目をつけさえしなければ購入できるのが世界の武器マーケットだ。ステルス・カバーに天文学的な金額を完済している依頼人だ、トマホークの一発ぐらい手に入れているだろう」

「それでも高価なことに変わりはないはずです。ステルス・カバーの製造費と、トマホーク本体、発射装置とミッションを実行する諸経費。すでに数兆から数十兆円という予算規模に膨れあがっているはずですけど」

「わが国を攻撃目標にすれば、充分に元がとれる」

「なんですって……?」

佐々木がこわばった顔で告げてきた。「けさの株価大暴落のニュース、ご存じでしょう? 世界に冠たる日本の製造業が軒並み値を下げて、ライバル関係にある諸外国の企業すべての株価が上がっている。これは、どこかの投資家がそれら外国企業の株を買いあさったからなんです。本来なら破産を余儀なくされるクレージーなやり方ですが、買い手が儲《もう》かる状況がひとつだけ考えられます。日本の企業の壊滅です」

「そう」広門はうなずいた。「この投資家は、日本の主要企業が跡形もなく消滅することを前提としているとしか思えんのだ。得体の知れない依頼人が見えないミサイルを作らせてから、たった数週間で株式市場にこのような混乱が生じた。日本攻撃の可能性が高いことを、防衛省長官は総理に忠告している。けさから極秘裏に全閣僚によって安全保障会議がひらかれている」

美由紀は逆に、現実味のなさに醒《さ》めた気分になりつつあった。

「あのう……。怪しい動きがあったことは確かでしょうけど、それらふたつを容易に結びつけていいものでしょうか？　日本の主要企業が機能を失うほどに壊滅するとなると、列島各地にあるすべての工場が破壊されねばなりません。たとえトマホークに核を搭載したところで、首都圏のみを狙ったのでは目的が果たせませんから、少なくとも十発前後のミサイルで列島の全工業地帯を隈《くま》なく一斉攻撃することになります。それだけの数のトマホークと発射装置、そしてステルス・カバーが用立てられるものでしょうか？　状況から見て、何者かが準備しているのはせいぜい一発の見えないミサイルのみと考えるのが妥当と思いますが」

「でも」佐々木は身を乗りだした。「たとえ一発でも、脅威は脅威ですよ」

「ええ。けれども、その一発だけではどこを攻撃しようとも、株による儲けどころか発射にかかる費用さえ回収できないでしょう。計算するまでもないことです。一発で日本全土が沈められれば利益もでるでしょうが、そんなことはありえないですし」

車内に沈黙が降りてきた。防衛省のふたりも、この単純な疑問に対する答えは用意していなかったらしい。

ぼんやりと外を眺める。青山一丁目の交差点が近い。そろそろ目的地だ。

広門がいった。「とにかく、総理および長官の判断で、この危機に対する対策チームが設けられることになった。きみもそこに加わってもらいたい」

「わたしが？　なぜですか」

佐々木が咳《せき》ばらいをする。「その……。ほとんどの閣僚は、元イーグルドライバーだった女性幹部自衛官が、現在は千里眼と呼ばれていることに興味をしめしておられ……」

あきれた話だ。美由紀はうんざりして告げた。「そう呼ばれているのはカウンセラーとしての仕事に限ってのことですよ。見えないものが見えるわけじゃないんです」

じれったそうに広門がいう。「閣僚がいささか現実的なものの見方を欠いていることは、われわれも感じている。それでもこれは正式な決定に基づく要請だ。きみは空の防衛にも詳しく、いまの仇名《あだな》は千里眼だ。見えないミサイルに対処する専門家を呼び集める際に、決して無視できる存在ではないと感じた大臣がいた。そういうことだ」

乱暴な話もいいところだ。

責任を背負わす人間を探そうとするのは政府および防衛省の体質だが、ここまで露骨にその態度をしめされると同情心すら湧かない。

銀杏《いちょう》並木のすぐ近くでクルマは停車した。前方に赤信号が見える。

美由紀はドアを開けながらいった。「忙しいので、これで」

「待て」広門が呼びとめた。「対策チームは三日後から稼動する。よほど重要な用件がないかぎり、初日から出席してもらいたい」

「考えておきます。以上です」美由紀はドアを叩《たた》きつけた。

足ばやにリムジンから離れて、携帯を取りだす。苛立《いらだ》ちを抑えながら臨床心理士会に電話をかけた。

「日本臨床心理士会、事務局です」舎利弗の声が聞こえてきた。

「ああ、舎利弗先生。美由紀だけど。ロシア大使館に電話をいれて、さっきの件、お受けすると伝えてくれないかな？」

「いいけど……。ロシア語でどういえばいいんだい？」

「いえ、大使館の電話オペレーターは、日本語のわかる人が就いているはずだから」

「わかった。いったいどんな要請だったの？」

「ロシアに行くの。っていうより、チェチェンかな」

「チェチェン⁉」舎利弗の驚きの声が返ってきた。「いつ？」

「明後日って言ってた」

「ずいぶん急だね」

「ええ。でも、もうひとつの非現実的で面倒な依頼を受けるよりはましなの」

「なんだか複雑な事情がありそうだけど……。そうだ、萩庭夕子って子はどうする？」

「誰？」

「さっきホワイトボードの前で話したろ。二十歳の大学生で、きみが指導することになってた……」

「ああ、そうだった……。いろいろあって忘れてた」

「きみが物忘れなんて珍しいね。ＤＳＭにいちど目を通しただけで、九割以上の症例を暗記できるほどの人なのに」

「ごめん。今度から気をつけるから……」

「もしその萩庭夕子さんが同行したいといったら、連れていってくれるかい？」

「え？　だけど……」

「頼むよ。上京して独り暮らしをしている子みたいだから、不便はないと思う。それに、この期間内に臨床心理士に師事したっていうノルマをこなさないと、彼女の単位に影響するようだし……」

美由紀は迷った。行く場所はまだ確定していない。危険がないとも限らない。それに、快適に過ごせる環境かどうかもわからない。

それでも、ロシア政府が大使館を通じて公式に依頼してきた話だ、外国からのビジターを過酷な状況に晒《さら》したりはしないだろう。

もし対処しきれない事態だったら、萩庭夕子だけ先に帰国させればいい。何日か一緒にいれば、単位も認められるだろう。

「わかった。わたしはどちらでもいいから、彼女の意志を尊重すると伝えて」

「オーケー。あ、いま徳永が近くにいるから、電話を替わるよ」

すぐに徳永の声が聞こえてきた。「やあ、美由紀。さっきはどうも」

「徳永さん。その後、古屋さんはどうだった？」

「宝くじを買いに行ったのはいい気分転換になったみたいだ。当たるかもしれないって目を輝かせてたよ。けれども、今度は当選を前にして殺されたらどうしようとか、そんな心配をはじめてるんだ」

苦笑しながら美由紀はいった。「少なくとも、当面は生きることへの意志は喚起されたみたいね。殺される確率と宝くじに当たる確率が同率なわけだから、どっちを信じるかは古屋さんしだいね」

「でも、四日後の当選発表で、意気消沈するんじゃないのか。宝くじが当たらなかったからには、殺人に遭う可能性が高まった、とかなんとか」

「なんにしても、いま古屋さんには自発的に行動したり、考えたり、世の中の経験を通じて刺激を受けることが大事だと思うの。偏った思考に新しい水路づけをすることになると思うんだけど……」

「そうかもな。きみの勘を信じるよ。なんにせよ古屋さんは帰ってくれたし、きょうのところは平和安泰だ」

「よかったね、じゃ」美由紀は電話を切った。

たちまち笑ってはいられなくなる。

徳永は平和安泰かもしれないが、わたしのほうは違う。あまりの忙しさに手探り状態で、その場しのぎばかり繰りかえしている。

先の見えない千里眼、か。美由紀はため息をついた。書けないペンや鳴らないギターと同じだ。これほど頼りにできないものはほかにない。

ワンセグ

銀杏の並木道に面したカフェテラスで、美由紀は由愛香、藍らとともに食事をとった。

だが、この三人は周囲の客にとって奇妙に映るに違いない。運ばれてきたパスタやサラダをそっちのけにして、ハガキを書くことに集中しているからだ。

雪村藍は美由紀のふたつ年下の友人だったが、何軒もの飲食店経営を成功させている由愛香とは違って、ソフトウェア会社に勤務するごくふつうのOLだった。

とはいえ、髪を明るく染めているせいか、あるいはその童顔のせいか、社会人には見えない。むしろ十代の学生という印象を漂わせている。

テーブルに置いたノートパソコンのキーを叩きながら藍が嘆いた。「あー。またつながんない。ちょっと。この店の無線LANってどうなってんの」

由愛香はハガキにペンを走らせながらいった。「無線LANのせいじゃなくて、サイトにアクセスが集中してるんじゃないの？　セブン・エレメンツの公式サイトじゃ混んでるの当たり前だし」

「だけどさ、ほかのアドレスもつながりにくいよ？　これじゃ応募先の住所、わかんないじゃん。ったく、設備に金かけてないね、この店」

「飲食店の経営ってそれほどゆとりがあるものじゃないの。無線ＬＡＮなんてあくまでサービス。ちゃんと食事とコーヒーが出てるんだから文句いわない」

「それ経営者のスタンス？　由愛香さんの店、今後は行くのやめようかな」

「ええ、どうぞ。長時間居座ってネットやって応募ハガキ書きまくるお客さんなんて要らないから」

「そういう由愛香さんが、この店にとっちゃ迷惑な客かもよ。もとはといえばハガキの応募も由愛香さんの発想でしょ？　なんで自分の店でやらないの」

「うちの店は昼どき混むの」

「ほかの人の店なら平気なの？　自分勝手」

「藍。いままで、うちの店で無料《ただ》で飲んだアメリカンコーヒー二杯とパフェ、代金払ってくれる？」

「おごってくれるって言ったじゃん。わたしみたいな貧乏人から金とるの？　強欲女」

「あつかましいにもほどがあるでしょ。あなたみたいな人は出入り禁止に……」

「ちょっと」美由紀は口をはさんだ。「ふたりとも、それぐらいにしたら？　チケットが入手困難で、気が立ってるのはわかるけどさ」

由愛香と藍は顔を見合わせ、気まずそうに押し黙った。

美由紀のほうは作業が進んでいなかった。

やはりチケットよりも気になることがある。

ハンドバッグから携帯を取りだしてテーブルに置いた。液晶表示板をテレビに切り替え、ニュースを放送しているチャンネルをさがす。ほとんどの局が株価暴落を解説する番組を放送中だった。

「へえ」藍がそれを覗《のぞ》きこんでいった。「きれいに映ってる。これ、ワンセグだよね？」

「そう。地上デジタル放送」

「いいなーワンセグ携帯。わたしも買おうかな」

由愛香が藍をじろりと見た。「そんなにお金があるなら……」

「はいはい、コーヒー代払えって言うんでしょ。さっき聞いた」

「パフェもよ」

「お金持ちのくせに意地悪だなぁ、由愛香さんは」藍はそういいながら席を立った。

「どこ行くの？」と美由紀はきいた。

「洗面所で手を洗ってくる」

「さっき洗ってきたばっかりなのに……」

「んー、でもハガキ書いてるうちに、なんか指先が汗ばんできちゃって。気持ち悪いから、洗ってくるね」

藍が立ち去っていくと、由愛香が美由紀に顔を近づけてきた。

「藍の住んでる部屋ってさ、塵《ちり》ひとつ落ちてないほど掃除が行き届いてるんだけど……、洗面所に山のように石鹸《せっけん》が置いてあるんだよね」

「知ってる。一個につき一回手を洗ったら捨てるのよね。前に使った石鹸は汚くて触る気がしないって」

「会社でも手を洗いすぎるって怒られてるみたいよ？　異常よね」

「異常っていうか……。不潔恐怖症ね。手を洗わないと不安でたまらなくなる」

「カウンセリングしてあげたら？　前に観たドラマで、不潔恐怖症は幼少のころに母親が殴殺されて、その血がべっとり両手についたからって……」

「抑圧されたトラウマなんて非科学的なの。劇的な原因なんて存在しないのかもしれない。少しずつ、手を洗わなくても不安を感じないように慣れさせていかないとね……。でもいまのところ、藍はカウンセリング受けたくないって」

「わたしが会社の経営者だったら、水の無駄遣いをする社員なんて真っ先にクビ切るけどね」

「由愛香……」

「冗談よ」由愛香は通りがかった若いウェイターに声をかけた。「ねえちょっと、このパソコンなんだけど……。店内の無線LAN、ちゃんと機能してる？」

失礼します、といってウェイターはパソコンのキーを操作し、接続状況を確かめだした。

だが、美由紀はそのようすを眺めてはいなかった。

ワンセグ携帯の画面に映しだされた折れ線グラフに衝撃を受けていたからだった。

市場はすでにあらゆる調整によって安定を取り戻しつつある。

それはつまり、けさの暴落は自然の事態ではなく、やはり海外企業の株の一斉買い占めという、異常な行為に及んだ者が存在していたからだった。

本気で日本の全主要企業が壊滅すると信じている。どうしてそんな絵空事を受けいれられるのだろう。たった一発の見えないミサイルとも結びつく話とは思えない。

ウェイターが告げた。「失礼しました、たしかに店の無線ルータが調子悪いのかも……。いま見てきます」

「早くしてね」と由愛香はいって、美由紀に向き直った。「コンサートは三か月後か。暑い夏を迎えるころになって、がっかりしたくないものね。それまではヤキモキしながら待つ毎日ね」

「由愛香。わたし、あさってからしばらく留守にするから。海外にいくの」

「海外？　出張ってこと？」

「うん……。命じられたわけじゃなくて、自分の意志でね。臨床心理士は会社員じゃないから、出向先も自分で選択できる権限があるの」

「コンサートまでには戻れる？」

「もちろんよ。そんなに長く日本を離れる気なんてないし」

「よかった」由愛香はハガキの山を押しつけてきた。「じゃ、これお願い」

「え……？」

「あさってから留守にするんだから、そのあいだのぶんも前もって書いておいてよ。ひとり一日三十枚がノルマなんだから。美由紀ひとりが楽しちゃいけないでしょ」

「……さっきから思ってたんだけど、プリンターで印字したほうが……」

「駄目。手書きのほうが当選の確率が高いって言われてるし。心をこめるのよ、美由紀。セブン・エレメンツへの愛情をペンにぶつけるの」

仕方がない。美由紀はため息まじりにペンをとった。「愛情……か。すでに憎しみに変わりはじめてるんだけど」

EMDR

翌日の夜七時すぎ、マンションの部屋に戻った美由紀は、白いグランドピアノに向かって座った。

セブン・エレメンツのお気に入りのバラード、『ハウ・メニー・フェイセズ・ドゥー・ユー・ハヴ』のピアノソロ・アレンジを、自分なりのペースでゆっくりと弾く。

原曲がギターの旋律のせいか、変調が多くピアノでの演奏は難しい。クラシックピアノのように指を立てるのではなく、寝かせた弾き方で対処した。このほうが曲調に合ったメロディを奏でられる。

しばらくはこの鍵盤《けんばん》に触れられない日がつづく。殺伐とした日々になることが予想された。

いや、せめてバイオリンを持っていこうか。

いや、訪問先はおそらく内戦に明け暮れた廃墟《はいきょ》同然の場所だ、楽器など持ちこむのは不謹慎というものだ。

難民の避難所では慰問のために音楽の演奏もあるだろうが、チェチェン難民は、まだそこまでの心のゆとりを持っていないかもしれない。ほかに必要とされていることがたくさんある。

チャイムが鳴ったので、美由紀は演奏の手をとめた。

こんな時刻に誰だろう。

立ちあがってインターホンに向かう。受話器をとって応じた。「はい」

モニターには、マンションのエントランスにたたずむひとりの女が映っていた。

年齢は二十歳ぐらい、痩《や》せた身体つきで、地味な服装をしている。

化粧はしていないようだが、肌艶《はだつや》はきれいで、顔だちも整っていた。

部屋番号を間違えて押したのかもしれない。美由紀はきいた。「どちらさまでしょうか」

「あのう……萩庭夕子です。み、岬先生のお宅は、こちらでしょうか……?」

萩庭夕子。研修に来る予定だった大学生だ。

「ええ。わたしが岬ですけど。どうぞ、上がってきてください」美由紀はロックの解除ボタンを押した。

「どうも……」といって、女はエントランスの扉から中に入っていった。

美由紀のなかに釈然としない思いがよぎった。

夕子の下のまぶたはかすかに痙攣《けいれん》していて、上まぶたは妙に吊《つ》りあがっている。なにかに脅《おび》えているか、不安を覚えていると推察される。わたしに会いにきたことで生じた緊張だけとは思えない。

やがて、部屋の玄関のチャイムが鳴った。

美由紀は玄関に赴いて鍵《かぎ》を開けた。

扉の向こうに現れたのは、さっきモニターで観たよりも小柄に思える夕子の姿だった。

「あ、あの……はじめまして。岬先生。萩庭です」

「どうぞ。よくここがわかったわね？ 中に入って、楽にして」

「失礼します……」と夕子は頭をさげ、入室してきた。

「どうかしたの？ なんだかビクビクしてるみたい」

「ええ……。そのう、緊張しちゃって」

「緊張は理性と感情のアンバランスな状態によって引き起こされるのよ。自分の家だと思って、リラックスして」

「ありがとうございます……」夕子はリビングに歩を進めた。「わあ、素敵な部屋……」

美由紀はしばし夕子のようすを眺めていたが、すぐにひとつの仮説がおぼろげに浮かびあがってきた。

「ちょっと電話するわね」と美由紀はいって、受話器をとった。

日本臨床心理士会に電話する。まだ居残っている人がいるはずだ。

予想どおり、舎利弗が電話にでた。「日本臨床心理士会事務局です」

「舎利弗先生。研修で来る予定の萩庭夕子さんのことだけど……」

ふいに夕子はあわてたように、美由紀のほうを振りかえった。その顔には恐怖のいろさえ浮かんでいる。

心配しないで、と目で合図をしてから、美由紀は電話にきいた。「連絡はとれた？」

「ああ」舎利弗の声が告げてきた。「大学のほうに確認したよ。本人も、きみと一緒に海外に行きたがってるみたいだ」

「ごめんなさい。悪いんだけど、萩庭さんの指導は舎利弗先生がおこなってくれないかな。先生の教育が素晴らしいってことは、わたしが保証するから」

「なんだって？　じゃ、きみは独りで行くことにしたのかい？」

「ええ。それと、水落香苗さんって子のこともお願いするかも」

「誰だい、それ？」

「相談者《クライアント》よ。またあとで電話するから」美由紀はそういって、一方的に電話を切った。

夕子を名乗っていた女は呆然《ぼうぜん》とした顔で、美由紀を見つめていた。「あ、あの……わたしは……」

「そんなに怖がらないで。水落香苗さん。わたしのカウンセリングを受けたいって、臨床心理士会を訪ねたんでしょ？」

「はい……でもどうしてわたしだと……」

「名乗るときに怯《おび》えの感情が高まるなんて、偽名を使っているとしか考えられないもの。赴任してくる研修生の名をホワイトボードで見かけて、なりすまそうとしたのね」

「すみません……」香苗は目を潤ませた。「ほんとに、申しわけありません。こうでもしないと、お会いいただけないと思って……」

「だから、謝らないで。できることなら、力になるから」

「PTSDに悩まされてて……苦しくて。トラウマの記憶を取り戻すことができたら、救われるかと……」

「香苗さん……。どこでどんなふうに症状について聞き及んだか知らないけど、まだ自分の心の状態を推し量ろうとしないで。感じていることだけ、聞かせてほしいの。PTSDっていうけど、どんなことが起きるの？」

「不安で……眠れなかったり、寝ついてもすぐに悪夢で目が覚めたり……。心臓もドキドキして、落ち着かないんです。ときどき、小さかったころの辛《つら》い記憶が、瞬間的に脳裏をよぎって……」

「記憶って、どんな？」

「それもよくわからないんです。だからその記憶を回復することで、ＰＴＳＤの苦しみから解き放たれるかと……」

「ねえ、香苗さん。いわゆる記憶回復療法っていうものは、ないと思ってほしいの。ぜんぶフィクションにすぎなかったのよ。抑圧されたトラウマなんて、存在しないの」

「え？　でも……現に、幼かったころの記憶は曖昧《あいまい》になってるし……」

「そんなの当然よ。記憶は薄らいでいくものなの。香苗さん、去年のきょう、どこで何をしてたか覚えてる？」

「去年……いえ……」

「そうでしょ？　記憶は失われていく。だから辛さも消えていく。人として当然の浄化作用なの。断片的に幼少のころの辛い記憶がよぎっても、それがＰＴＳＤ的な症状の要因かどうかはわからない」

「けれど……どうすればいいんですか。ほんとに毎日、苦しくて……」

「それがＰＴＳＤによるものなら、ＥＭＤＲっていう回復法もあるのよ」

「ＥＭＤＲ？」

「眼球運動による脱感作と再処理法ってこと。この人差し指を見て」

香苗が指先に注目しているのを確認してから、美由紀は指を左右に移動させた。「目で追いながら、不安や恐怖を感じる場面を想像して。できるだけ克明に」

アメリカの心理学者フランシーン・シャピロが一九八九年に発表したEMDR、この方法でパニックが起きなくなった例は多い。眼球運動が脳を刺激し、脳の本来の情報処理プロセスを円滑におこないやすくして、障害を取り除くというのがその趣旨だった。

二十五回ほど往復して、美由紀は指をとめた。「どう？　気分は？」

「ええ……落ち着いたような気もするし、あまり変わらないような気も……。これで治るんでしょうか？」

「従来、心の病とされていたものの多くは、脳の情報伝達になんらかの誤りが生じていると考えられるの。電子回路が機能しなくなったら、新しい回路を構築しなきゃ。神経シナプスの結合によって、人は新たな回路をつくりだしていく。あなたの機能不全は、こうした作業によって改善されるの。決して、辛い記憶と向き合うとか、荒行のようなものは必要ないのよ」

「そうなんですか……。わたし、てっきりトラウマとか記憶喪失って類《たぐ》いのことだと思ってました……」

「ＥＭＤＲはずっとつづけないと効果がないんだけど、ごめんね。わたし、あさってから海外に行く予定で……」

「どこへでも行きます」香苗は真剣な顔で告げてきた。「いま働いてもいないですし、独りで暮らしてますから」

「ご両親は？」

「父は都内に住んでますけど……ずっと会ってません。母は四川《しせん》省に……。わたし、ハーフなんです。日本人と中国人の」

複雑な事情があるようだ。美由紀はきいた。「パスポートはある？」

「ええ、あります」

「香苗さん。海外といっても、行き先はチェチェンかその周辺国で……。ボランティア業務も待ってるし、いろいろ忙しいから、寝泊まりは劣悪な環境になるだろうし」

「かまいません。わたし、岬先生に助けてもらえるのなら……。わたしも働きます。なんでも申しつけてください」

大きく見開かれた真摯《しんし》な瞳《ひとみ》の輝きを、美由紀はじっと見つめた。

ほうってはおけない。香苗を別の臨床心理士に預けてＥＭＤＲをおこなわせてもいいが、おそらくわたしのほうが彼女の悩みの感情を正確にとらえられるだろう。

それでも、香苗をチェチェン難民キャンプに連れていくなんて論外だ。絶えず緊張にさいなまれる状況下で、のんびりとEMDRなど試みていられるはずもない。

「ねえ……香苗さん。その悩みがあなたにとってどんなに深刻なことか、わたしにはよくわかるわ……。でも、だからこそあなたに最善の道を用意してあげたい。それはわたしと一緒に行くことじゃなくて……EMDRを得意としている別の臨床心理士に相談することだと思う」

「わたし、岬先生じゃないと駄目なんです」

「そんなに切実にならないで。わたしを信頼してくれるのなら、そのわたしが紹介する人もきっと頼りになる、そう思わない？」

「ええ……」香苗は落胆のいろを漂わせた。「岬先生がそうおっしゃるのなら……」

罪悪感に胸が引き裂かれそうになる。美由紀は、チェチェン行きを決めたことを後悔していた。純粋に難民のためを思ってのことならまだいい。わたしは、古巣からの復職の誘いを断るために海外逃亡をきめたのだ。

身勝手な行動が、わたしに期待を寄せていた香苗の気持ちを裏切ることになってしまった。

「きょうは泊まっていって」と美由紀はいった。「寝室のベッドで寝ていいから……。明日、成田に行く前に同僚のところに連れてってあげる」

「あ……。はい。……ありがとうございます、岬先生……」

どういたしまして。つぶやきながら、美由紀の視線は床に落ちた。

わたしはこの二日間、なにをしたというのだろう。コンサートに浮かれて、出会う人々の言葉にもろくに耳を傾けず、半ばうわの空のままその場しのぎを繰りかえした。

こんなことがわたしの人生なのか。人の感情を見抜けるようになったのに、わたしは自分から心を閉ざしてしまっている。人を遠ざけている。どうして素直になれないのだろう。

なぜわたしはみずから、孤立への道を選んでしまうのだろう。

白バイ

翌日の朝九時すぎ、美由紀はメルセデスのステアリングを切って、東関東自動車道を成田方面に走らせていた。

雲は多いが、旅客機の飛行には支障がないだろう。

ロシア大使館のバンデトフの話では、まずアエロフロート・ロシア航空でモスクワに飛び、そこから現地に移動するらしい。

モスクワの空も快晴だといっていた。きょうに限っては、遅延のトラブルは起きにくいだろう。

成田よりも手前、富里《とみさと》インターまであと五分ぐらいか。富里には、過去にも何度か足を運んだことのある精神科病院がある。同い年の臨床心理士、朝比奈宏美が東京カウンセリングセンターから出向して、そこに勤務中のはずだ。

彼女ならEMDRについての論文も書いている。香苗も身をまかせられるにちがいない。

昨夜、美由紀は電話で朝比奈と話した。突然の頼みながら、朝比奈は快く応じてくれた。助手席の香苗がきいてきた。「その朝比奈先生は、岬先生よりも先輩なんですか？」

「いいえ。まったく同期なの。同じ日に面接の審査を受けたのよ。だから経験も同じ」

「へえ……」

美由紀に近いタイプの臨床心理士が担当になってくれると知り、香苗は少しずつ元気を取り戻してきたようだった。

ほっとしながら美由紀はきいた。「ゆうべはよく眠れた？」

「ええ。岬先生はソファで寝たんですか？」

美由紀は笑った。「狭い寝床は慣れてるの」

「ほんとに、恐縮です。とても静かで、快適なお部屋で……。でも、夜中に何度か目が覚めてしまって」

「うなされてたみたいね。衝動的に跳ね起きてたみたい」

「ごめんなさい。いつもああなんです。起きた直後までは悪夢の内容を覚えてたはずなんだけど、すぐ忘れてしまって……」

「気にしなくてもいいわ。時間は充分にあるから、ゆっくり解決していきましょう」

「うれしい。ありがとう、岬先生」香苗の声は、なぜか弱々しいものになった。「安心したせいかな。眠くなってきちゃった」

その言葉に、美由紀も共感を覚えた。

妙に眠くなっている。

睡眠不足とは思えないのに、なぜかまぶたが重い。思考も鈍りがちになっていく。

ハンドル操作がふらつき、車線を割りそうになった。後方からのクラクションを受けて、あわてて立て直す。

おかしい。急に眠気に襲われるなんて。

美由紀は嗅覚《きゅうかく》に集中してみた。わずかに酸性の匂いが漂っている。

運転席の側面の窓と、そこから対角線上にある後部座席の窓を開けた。

走行中のクルマは左右に均等の気圧がかかっているため、このように斜めに風を通さないと車内の空気を浄化することはできない。

それでもまだ、頭がすっきりしない。美由紀はクルマを左の車線から路肩へと乗りいれ、ハザードを焚《た》いて停車させた。

「香苗さん……」美由紀は助手席に声をかけた。

だが香苗はシートにぐったりと背をもたせかけて、眠りにおちていた。

なにが原因なのだろう。

香苗の荷物はすべてトランクに積んである。車内に怪しい物体は見当たらない。後部座席のハンドバッグを手にとり、逆さにして中をぶちまけた。長いあいだ使っている自分の持ち物ばかりだ。ただひとつ、マトリョーシカを除いては……。

マトリョーシカに耳を近づけると、シューというかすかな音がする。内部から、なんらかの気体が噴出している。

ふいに息苦しくなり、めまいを感じた。マトリョーシカを開ける。ひとまわり小さな同型の人形がある。それをまた開ける。さらにそれを開け、人形はどんどん小さくなる。最後に、人形のなかから小さな銀の筒が現れた。気体を噴出する音は大きくなった。

美由紀はそれを窓の外に投げ捨てようとしたが、腕に力が入らない。まぶたが閉じていく。前方に、路肩に停車する白バイの姿がおぼろげに見えた。美由紀はステアリングの上に突っ伏した。けたたましいクラクションが鳴る。だが、意識が覚醒《かくせい》に向かうことはなかった。

ゲーム

ぼんやりと目が開いた。

美由紀は、やわらかい陽射しが降り注いでいるのを感じた。

公園のベンチで横になっていたようだ。

石畳がみえる。噴水のせせらぎも聞こえる。

散歩して、うたた寝してしまったのだろうか。

しかし、どこだろう。よく足を運ぶ代々木《よよぎ》公園とも違う。こんな石畳は見たことがない……。

意識がそこまで及んで、美由紀ははっとして跳ね起きた。

どこだ、ここは。散歩などした覚えはない。

わたしはたしか、クルマのなかにいた。香苗と一緒だった。急に睡魔に襲われ、クルマを停めた。眠りにおちていても、白バイが駆けつけたはずだ。警察がわたしをこんなところに運ぶなんて、考えられない。

辺りを見まわした。まったく見覚えのない風景がそこに広がっている。

噴水のある小さな円形の人工池のほとりに、美由紀はいた。

周囲にひとけはないが、一見して日本ではないとわかる。ロシアでもない。

森のなかにうすい紅いろの二階建ての屋敷が見える。建築様式は、二世紀ほど前のデンマーク風だ。アンデルセンの童話の挿絵に、よくこんなオレンジいろの屋根とレンガの煙突が描かれていた。

見た目のとおり、フュン島のオーデンセだろうか。いや、ここがふつうの街とは思えない。あまりに閑散としすぎている。

広場に人影はないというのに、建物の二階には万国旗が飾られ、そこかしこに色とりどりの花が咲き乱れていた。入念に手入れしてあるようだ。まるで祭りの日の朝だった。

何時だろう。腕時計をしていないせいで、時刻がわからない。

美由紀は自分の服が、東関道にクルマを走らせていたときのままであることに気づいた。デニムの上下にスニーカー。難民キャンプが行き先であることを考慮すれば、カジュアルな服が最も適している、そう思ってのことだった。

荷物はない。ハンドバッグも、あの怪しい気体を噴出していたマトリョーシカもなかった。ポケットをまさぐってみたが、財布、パスポート、携帯電話は紛失していた。

ところが、ベンチの上には奇妙なプラスチックの物体があった。

板チョコほどの大きさのそれは、携帯ゲーム機のニンテンドーDSを思わせる外観をしている。

手にとって、二つ折りの本体を開いてみる。やはりゲーム機のようだ。液晶画面はひとつしかないが、十字ボタンやいくつかの丸ボタンがついている。

画面には、ロールプレイングゲームを思わせる俯瞰《ふかん》のグラフィックが映っていた。公園のような場所で、三頭身の女の子のキャラクターがベンチに座っている。

十字ボタンを動かしてみたが、そのキャラクターは動かなかった。

だが同時に、美由紀は奇妙な感触を覚えた。

キャラクターの背後に噴水がある。それに、石畳。いまわたしが踏みしめている地面とそっくりだ。

しかも、画面のなかのキャラクターは、美由紀とうりふたつの髪型で、同じいろの服を身につけている。

美由紀は立ちあがって、少し歩いてみた。驚くべきことに、画面のなかのキャラクターも同じ方向へと歩を進めていく。

静止して反対方向に歩きだす。キャラクターもやはり同調した。歩を速めると、それだけ速く移動する。

そのキャラクターの背後から、金髪の男の子のような別のキャラクターが近づいてくる。

そのとき、美由紀の背後で声がした。

「サヴァ？　ボンジュール」

びっくりして振りかえる。

画面のなかの位置関係と同じ場所に、金髪で白人の青年がたたずんでいた。その手には色ちがいのゲーム機がある。

美由紀はもういちど画面に目をやった。

画面の下半分にウィンドウがひらき、文章が表示されていた。

〝謎のフランス人男性『やあ、こんにちは』〟

呆然《ぼうぜん》としながら、美由紀は日本語できいた。「すみません……。これはいったい何？」

フランス人青年は、持っていたゲーム機を見つめた。

彼のゲーム機の画面を、美由紀は覗《のぞ》きこんだ。やはりウィンドウが開き、フランス語でセリフが表示されている。

“Excusez-moi...Qu’est-ce que c’est?”

翻訳されているのか。

ぼそぼそと告げた声の一字一句を、正確に感知できる音声認識システムがあるとは思えない。このゲーム機に無線マイクが仕こんであって、誰かが通訳し、文章を入力しているにちがいない。

青年は笑っていった。「新入りのようだね？《ジュ・ヴゼ・ホギャルデ・プーラプルミエール・フォワ》」

ゲーム機の翻訳など見る必要はない。フランス語ならわかる。美由紀はきいた。「あ《キ・》なた誰？《エトゥ・ヴ》　ここでなにをしているの？《ケセク・ヴウフエイトゥ・イスイ》」

「第二章だよ。《シャピトル・ドゥ》自分のやるべきことをやるだけだ《ジェフェレスク・ジュドワフェール》」

そう告げると、青年は歩き去っていった。

古風なデンマークの街角にフランス人。意味不明だ。やはりここは、ただの異国の街角ではありえない。

建物に近づこうとしたが、思いとどまった。

ゲーム機を通じてわたしを監視している者がいる。位置も把握しているし、会話にも聞き耳を立てている。いわば囚《とら》われの身のはずなのに、一見自由を感じさせている。

自発的になんらかの方向に誘導しようとしているのか。それなら、あえて逆らう道をとるべきだろう。

森のほうへと歩を進めた。木立のなか、小道が蛇行しながら延びている。画面のなかの美由紀のキャラクターも森に分け入っていた。

すると、またもや別のキャラクターが急速に接近してくるのが映った。ウィンドウが開いて表示がでる。〝謎のアメリカ人女性〟。

顔をあげると、美由紀と同じ歳ぐらいの白人の女が、こわばった顔で駆けてきた。

「ねえ《ヘイ》」美由紀は英語で声をかけた。「聞きたいことがあるんだけど《メイ・アイ・クエッション》、いい《ユー》？」

女はじれったそうに足をとめ、たずねてきた。「なによ？《ホワット》　早くしてくれる？《クジユー・メイクイット・クイック》　急いで《ビコーズ・アイ》いるんだから《ム・ハリングアップ》」

「ここ、どこなのか教えてくれない？」

「どこって。ファントム・クォーターでしょ」

「幻影の地区《ファントム・クォーター》……？　それ、なんなの？　どこの国に属してるの？　自治体の管轄？　それとも私有地？」

「はぁ？　なによ、くだらない……。そんなことどうだっていいでしょ。やるべきことをやるだけなんだから」

さっきのフランス人青年も同じことを口にした。誰もが義務を課せられているらしい。

いつ、どうやってその義務に目覚めたのだろう。わたしはまだ、なにをすべきか見当もつかない。

とりあえず、いまは仲間がほしい。美由紀は手を差し伸べた。「わたしは美由紀。あなた、名前は？」

女は怪訝《けげん》そうな顔をしたが、敵対の意志はないらしい。美由紀の手を握りながらいった。

「ジェシーよ《アイム・ジェシー》」

そのとき、美由紀のゲーム機がふいにファンファーレを鳴らした。

びくつきながら、ゲームの画面に目をやる。

ウィンドウの表示が変わっていた。〝ジェシー『ジェシーよ』〟

相手の名前を知ったら、それが表示に反映されるということか。ゲームマスターの意図はいったいなんだろう。

「ジェシー。あなた、第何章？」と美由紀はきいた。

「第三章《チャプター3》よ」ジェシーがそう告げたとき、森の向こうがなにやら賑《にぎ》やかになった。

そちらを振り向いて、ジェシーは怯《おび》えきった表情でつぶやく。「たいへん。またあいつらが来た。チャプター3ってどうしてこんなに過酷なの」

「ねえジェシー。あなたはいつからここに……」

だが、会話はそれきりだった。ジェシーは必死の形相で走りだした。

追っ手が森のなかを疾風《はやて》のごとく駆けてくる。

その連中の外見に、美由紀は開いた口がふさがらなかった。

槍《やり》と盾をかまえた鎖帷子《くさりかたびら》もしくは鎧《よろい》姿の兵士たち。

弓兵は矢を放ちながら前進してくる。

その後ろにつづくのは、貴族だった。中世から近世の肖像画で見かけるような、気取った男女が馬車に乗って走ってくる。婦人は扇を手にしていた。

いちおう、貴族らは兵士らに追跡の指示をだしているらしい。口笛を吹くと、陣営が替わって弓兵が先頭に立つ。速度も上がった。

貴族はちらと美由紀を見たが、関心なさそうにまた前方に目を戻した。一群は美由紀の前を駆け抜けていき、また木立のなかへと消えていった。

サーカスの集団としか思えない、時代錯誤な扮装《ふんそう》と装備の追跡者たち。美由紀は呆気《あっけ》にとられるしかなかった。

表情から察するに、誰も演技はしていない。どの顔も真剣そのものだ。

わたしひとりを騙《だま》しおおそうとするフェイクではない。限りなく非現実的だというのに、嘘をついている者はいない。

ファントム・クォーター。誰が、なにを画策しているのだろう。

ゲームの画面のなかに、わたしがいる。どうしてわたしはこんな世界に引きずりこまれてしまったのだろうか。

わたしがここにいることに、どんな意味があるというのだろう。

オペレーター

森を抜けると、芝生に覆われた丘陵地帯が広がっていた。

そよ風に波打つ草原、ゆっくりと回転する風車は、やはり一八〇〇年代のデンマークの粉ひき風車に似た形状をしている。

近くには農家らしき家屋があった。

わらぶき屋根に白い壁、周囲には菜の花畑もある。

美由紀は近づいていったが、中が無人であることは広い間口の玄関を通じて見透せた。

農具はきちんと整頓《せいとん》されて壁に架けてあり、家が放置されているわけではなさそうだった。実際に住んでいる人がいるのだろうか。

丘の向こうはまた石畳になっていて、白い洋館へとつづいていた。正面の扉は開いている。

その洋館のなかへと歩を進めた。

北欧風のアンティークな家具や調度品は、デンマーク職人らしい質実剛健なつくりで、見せかけだけのイミテーションではなかった。

アトリエのような部屋には四人ほどの外国人がいた。

全員がキャンバスを前にして油絵を描いている。彼らが見つめているのは、開け放たれたバルコニーの向こうにひろがる景色だった。

深い峡谷の向こうには、切り立った崖《がけ》の上に古い教会が見えていた。

直線距離にして四、五百メートルはありそうだ。

奇妙なことに、鐘塔はあってもそのなかに鐘は吊《つ》り下がっていなかった。施設としては使用されなくなって久しいということか。

だが、窓からのぞむ風景には、それ以上に違和感を覚えるものがあった。

教会のすぐ近くに、銀いろのドーム屋根が存在し、パラボラアンテナが建っている。

デンマークの片田舎の風景に目が慣れてきていたせいか、その近未来的な建造物がずいぶん異質に感じられる。とはいえ、あれがなんらかの通信施設なら、外部と連絡をとることができるかもしれない。

ひとりの女性が振りかえって、美由紀をじっと見つめた。「何をしてるの？《ヴァストゥン・シェ》」

今度はドイツ語か。美由紀は答えた。「わからないの。《イッヒ・ヴァイスニヒト》ここでなにをしたらいいか、《ブリンゲン・ズイーミアベイ・ヴァス・イッヒ・ヒェ》教えてくれる？《ルトゥン・ゾルテ》」

女性は手を差し伸べてきた。「見せてみて」

ゲーム機を渡せと要求しているらしい。美由紀は黙ってそれを差しだした。

「どれ」女性はゲーム機の液晶画面を一瞥《いちべつ》すると、すぐに突き返しながらいった。「まだ第一章じゃないの。第四章まで、ここには用はないはずでしょ」

「わたしはどうすれば……」

「いいから、出てって」

室内のほかの連中は振り向きもしない。会話は打ち切られ、美由紀の身の置き場はなくなった。

無理に彼女らの作業を妨げても意味はない。美由紀は退散するしかなかった。

洋館をでると、美由紀はすぐにその向こうにまわりこんで、丘陵を下っていった。

渓谷の向こうには近代的な設備がある。行くべきところは、そこしかない。

下り坂の斜面はほどなく終わりを告げて、渓谷に架かる一本の鉄橋が見えてきた。

橋の袂《たもと》の入り口は、あの槍と盾を手にした鎖帷子の兵士たちによって警備されている。

谷底には霞《かすみ》がかかり、かろうじて川が流れているのがわかるぐらいだ。つまり、それだけの高さがあるのだろう。

迂回《うかい》するルートも見当たらず、崖を降りようとするのは現実的ではない。この橋だけが唯一の道のようだった。

騎馬兵もいるし、少し離れたところに弓兵が隊列をなしている。多勢に無勢、飛びこんでいっても勝ち目はない。橋の上には身を隠す場所もないし、弓や槍の餌食《えじき》になるのは目に見えていた。

なにか方法はないのか。美由紀が考えあぐねていると、ひとりの白人男性が橋に近づいていった。

コートと同じ生地の帽子をかぶったその髭面《ひげづら》の男には、見覚えがあった。テレビに出ていた男だ。「放送ノチカラ」という番組の宣伝で来日が報じられていた、アメリカ人の超能力者だった。名前はたしか、スピン・ラドックといった。

ラドックは腰がひけたようすもなく、堂々と橋に歩み寄った。

兵士たちが身構えて立ちふさがったが、ラドックは表情ひとつ変えず、ゲーム機を兵士に投げて寄越した。

兵士はゲーム機の画面を眺めたが、ふいにその表情が緊張した。周囲の兵士に英語で告げる。「初めての合格者だ《ヒー・イズ・ザ・ファースト・マン・フー・パッセズ》」

すかさず兵士たちは左右に二列に並んでかしこまり、橋の入り口を開けた。アイーダトランペットを空に向けて、いっせいにファンファーレを奏でる。

ふんと鼻を鳴らして、ラドックは橋を渡っていった。

状況によっては通ることができるらしい。兵士たちも、常に攻撃的な姿勢をとるわけではなさそうだ。

美由紀は丘を下って橋に近づいていった。

兵士たちはラドックの通行後、また元の隊列に戻り、橋の入り口をふさいでいる。

歩み寄ったが、兵士は無反応だった。人形のように立ちつくしながら、前方の虚空を見つめている。

脇をすり抜けようと美由紀は歩を踏みだした。とたんに兵士らは、二本の槍をX字に突きあわせて、行く手をふさいだ。

ため息が漏れる。美由紀は兵士にたずねた。「ねえ。ゲームのルールがいまひとつ把握できないんだけど。誰か説明してくれない？」

だが、兵士らは無言を貫くばかりだった。

「それと」美由紀は頭をかきむしった。「もし連れの日本人の子もここに来てるなら、どこにいるか知らない？」

やはり兵士たちは沈黙したままだ。

「ちょっと、聞いてるの？　わたし、チェチェン難民の救済活動のためにロシア政府に呼ばれたはずなの。ここがどこかも知らないし……」

だしぬけにファンファーレが鳴ったため、美由紀は驚いて口をつぐんだ。

しかし、兵士たちによる演奏ではなかった。美由紀の携帯ゲーム機が鳴っているのだ。

画面を見てみると、ウィンドウが開いて表示がでていた。

〝第二章・赤い電話を見つけろ〟

突然、兵士のひとりが口をきいた。「赤い電話を見つけろ《ファインド・ザ・レッド・フォーン》」

ほかの兵士たちが揃って復唱する。「赤い電話を見つけろ」

その言葉はシュプレヒコールのように、際限なく反復された。

兵士たちは美由紀に目も合わせようとせず、ひたすらにその発声のみに集中しているようだった。

これでは質問すらできない。

美由紀は踵《きびす》をかえし、来た道を引きかえすことにした。

なんにせよ、第二章には進むことができたらしい。第三章であの兵士たちに追われ、第四章では洋館のなかで油絵を描くことになるのか。つくづく不条理な世界だった。

丘の上の風車まで戻った。ふと美由紀は、気になるものを目にとめた。

風車小屋の外壁はレンガづくりになっているが、地上三、四メートルほどの高さに近年設けられたとおぼしき新しい鉄製の扉がある。粉ひき用にしろ水汲《みずく》み用にしろ、風車の構造上、あんなところに特別な通用口は必要ないはずだ。

外壁は垂直ではなく、わずかに斜めになっている。勢いをつければ登れないこともないだろう。

美由紀はゲーム機を地面において、何歩か遠ざかった。画面のなかのキャラクターは動いていない。

わたしの位置を感知しているのではなく、ただゲーム機に内蔵されている発信機によって位置情報が割りだされているだけか。それなら、ゲーム機をここに置き去りにしておけば、監視者はわたしがどこにいるのかを割りだせなくなる。

風車の外壁に向けて走りだし、その勢いのままよじ登った。

伸ばした手が、かろうじて扉の把《と》っ手にかかった。

引いてみると、扉は開いた。

その向こうは直径一メートルほどの竪穴《たてあな》で、内壁は金属のパネルに覆われている。鉄製のはしごも備えつけてあった。

美由紀は竪穴のなかに身を躍らせ、はしごを降りていった。

風車の高さよりも、ずっと下まで竪穴はつづいている。つまり、地下に延びていた。どこまでつづくのだろう。指先に汗がにじみ、ときおり手を滑らせそうになる。慎重に一歩ずつ降下していった。

やがて、穴の底部に行き着いた。側面に通路が開いている。そこを抜けたとき、美由紀は立ちすくんだ。

非常灯にぼんやり照らしだされた視界に、広大な地底の空洞がひろがっている。

人工のものだ。コンクリート製の床は見る限り果てしなくつづき、壁と天井には縦横に鉄骨が張りめぐらされている。アーチ型の曲線を多用して強度を高める建築法が採用されている。最近になって造られたものにちがいない。

空洞のなかに黒い二階建ての建造物がある。四角錐《すい》の形状をなし、小型のピラミッドのようでもある。

そちらにゆっくりと近づいていくと、コンピュータのキーボードを叩《たた》くせわしげな音が聞こえてきた。それから、声。何人かの声が織り交ざって聞こえてくる。

「ペルスペクティヴC、チャプター2。ヴォヤンセD、チャプター2。クレヤボヤンスA、チャプター3……」

複数のオペレーターがいるらしい。キーを叩いているのは、ゲーム機の翻訳文を入力しているのだろう。

それにしても、いましがた聞こえた言葉の意味は……。

と、そのとき、鋭い声が暗闇から飛んだ。「誰だ！」

まばゆいサーチライトが美由紀を照らしだす。目もくらむような光源、こちらから向こうの状況を窺《うかが》い知ることはできなくなった。

身を翻して逃走に転ずる。

警報のブザーが鳴り響き、アナウンスがこだました。侵入者あり。繰り返す、侵入者あり。ただちに身柄を確保せよ。

地上につづく竪穴に飛びこみ、大急ぎではしごを登りながら美由紀は思った。ペルスペクティヴ、ヴォヤンセ、クレヤボヤンス。さまざまな国の単語だが、その意味するところはひとつだけだ。

千里眼。

あのオペレーターは、やたらと千里眼を気にかけていた。

わたしのことだろうか。それともほかに、そう呼ばれている者がいるのか。フランス人やドイツ人に、そう称される者が。

赤い電話

風車の扉から地上に飛び降り、芝生に転がった。

警報はぴたりと聞こえなくなり、代わりにブラスバンドの演奏が耳に入った。

顔をあげると、丘の上を王国時代の鼓笛隊が楽器を鳴らしながら行進していく。

見物人はいないのに、鼓笛隊は一糸乱れぬ足どりで突き進み、さっき美由紀が目を覚ました石畳の広場へと丘を下っていく。

美由紀はゲーム機を拾いあげ、その鼓笛隊を追った。

孤立無援でいるよりは、人にまぎれていたほうがまだ希望が持てる。たとえ敵か味方か判然としない連中であっても。

鼓笛隊に追いつき、その隊列の行進のなかに分け入ったが、誰ひとりとして歩を緩めることなく、ひたすら楽器を奏でつづけている。美由紀と視線を合わせようとする者もいない。

表情は真剣そのものだった。美由紀を意識しながら無視しているのなら、多少なりとも視線が踊ったり頬筋《きょうきん》がこわばったりするはずだが、そんな反応はなかった。

自分の行いに揺るぎない義務感と使命感を抱いている、そう考えられた。

なにが彼らをここまで徹底させているのだろう。報酬か。それともほかに、なんらかの理由があるのか。

石畳の広場に戻った。

噴水の周りのベンチには、ちらほらと男女の姿があった。だが美由紀は、彼らに話しかける気はなかった。

いまは赤い電話とやらを探さねばならない。とりあえずゲームに従わないことには、ルールが見えてこない。

さっきは素通りした二階建ての建物の一階部分に入ると、そこは飲食店のようだった。客も大勢いた。老若男女問わず、また国籍もさまざまな人々が四、五人ずつテーブルを囲んでいる。会話はほとんどなく、黙々と食事をつづけていた。

店の奥にはカウンターがあって、エプロン姿の婦人がこちらを見て微笑んだ。「いらっしゃいませ」

日本語だ。しかし、この状況でウェイトレスを勤めるからには、各国の言語に精通していてもふしぎではない。

美由紀はカウンターに歩み寄った。

空腹のせいか、店内に漂う匂いが香ばしく思える。

「食事はいかが？」と婦人がきいてきた。

「お金かかるの？」と美由紀は戸惑いがちにつぶやいた。

すると、いきなり店内の客たちがいっせいに笑いだした。

振りかえると、誰もが手にしたゲーム機と美由紀を、かわるがわる見ながら笑い転げている。

婦人は苦笑ぎみに告げてきた。「気にしないで。初めてここに来た人は、みんなあなたと同じ質問をするんだから。食事は無料よ。好きなだけ食べていいの」

「そう……。赤い電話ってのも探してるんだけど……」

「ああ。あれね」と婦人は店内の隅を指差した。

頑丈そうなガラスの扉の向こう、フォーンブースのなかに、壁にかかった赤い公衆電話が見えている。

美由紀はそこに近づいた。把っ手を握り、押したり引いたりしてみたが、扉はびくともしない。

ドアの脇に赤と緑のボタンがある。それらも押してみたが、開錠するようすはなかった。ファンファーレが鳴った。美由紀の携帯ゲーム機だった。その液晶画面を見つめる。ウィンドウのなかにメッセージが表示されていた。

〃緑のボタンを押してから、正確に三十秒後に赤のボタンを押すと扉が開きます〃

「時計、ない？」美由紀はきいた。

またしても店内に笑いが沸き起こった。顔を真っ赤にして、ひきつったような笑いを発している者もいる。

美由紀ひとりだけは笑っていなかった。むしろ醒《さ》めた気分に浸りつつあった。

ここにいる連中が、この扉を開けることができたとは思えない。それが果たせたのなら第三章に進んでいるはずだ。第三章は兵士に追いまわされるステージだった。ここでのんびりと食事に興じていられるはずがない。

彼らはたぶん、第二章から先に進めず、半ば諦《あきら》めかけている人々だろう。だから赤い電話のあるこの店内にたむろしているのだ。新入りがここに駆けこんできて、扉を開けられずに七転八倒する姿を笑いながら見物する、それ以外にすべきことがないのだろう。

時計がこの街にないことはよくわかった。

だが、方法はひとつだけではない。

美由紀は首からペンダントを外した。友人の由愛香が褒めてくれた、十字架《クロス》つきのペンダント。チェーンの長さは四十センチ。これで時間は計れる。

クロスを錘《おもり》の代わりに一方の端に寄せ、もう一方の端の留め金を把《と》っ手につなぐ。長さ四十センチの振り子ができあがった。

振り子を振ると同時に緑のボタンを押した。物理学の初歩だ。錘の重さは関係なく、七往復したら十秒。十四往復で二十秒。そして二十一往復で三十秒。

左右に揺れる振り子、その動きを数える。十八、十九、二十、二十一。

美由紀はすかさず赤いボタンを押した。

ファンファーレが鳴り響く。かちゃりと音がした。

把っ手を引いてみると、扉はすんなりと開いた。

客たちはどよめいて立ちあがった。彼らが押し寄せてくる前に、美由紀はペンダントを回収して扉のなかに滑りこんだ。

頭上から合成音声らしき女性の声がする。「ようこそ、赤い電話へ。一分間、どこへでも自由に通話できます。ただし、ファントム・クォーターでのゲームの妨げになる会話は禁止されています」

どこへでも自由に。美由紀の胸は高鳴った。助けを呼ぶとしたら今しかない。

ここが海外であることはまず間違いない。日本にかけるとすれば国際電話になる。国番号の81をダイヤルし、それから日本臨床心理士会の番号を押した。

地球の反対側でないことを祈りたい。日本が深夜や早朝の時間帯だとしたら、電話にでる知人は皆無に等しい。

電話はつながった。馴染《なじ》みの声が応じた。「はい、日本臨床……」

「徳永さん。岬美由紀だけど……」

「ああ、美由紀。ちょうどよかった。このあいだ宝くじの当選発表だったろ？　古屋さん、ぜんぶ外れたのに、超ご機嫌でさ。会話をしていても、精神状態がかつてないほどに安定していると感じるよ。恐怖症はほとんど克服できたんじゃないかな？」

「そう。それはよかった。あのね……」

「いったいどうして症状を和らげることができたんだい？　それが把握できないと、今後のカウンセリングが難しいよ」

じれったく思いながら、美由紀はいった。「殺される確率と宝くじが当たる確率を同じにすると、人間は前者を否定して後者を肯定しようとする。でも宝くじが当たらなかったとき、もう一方の確率も同程度に低いことに気づいて、安堵《あんど》を覚えるのよ。恐怖症の克服には、理性的な学習が最も適している場合がある。古屋さんは本来、頭のいい人だったからね。新しいものの考え方が脳神経のシナプス結合に新たな水路をつくって、心の安定が図れるようになったの」

「なるほど。そうか。やっぱりきみはたいしたもんだよ」

「悪いんだけど、ちょっと急いでいるから……。舎利弗先生、いない？」

「ああ、ちょっと待って」

早くしてよ。いまは一秒でも惜しいんだから。美由紀は苛立《いらだ》ちながらつぶやいた。

「はい」と舎利弗の声が応じた。

「あ、先生」

「そっちはどう？　ロシア大使館の人が、ご協力ありがとうございますって電話寄越してきたよ」

ということは、わたしは当初の予定どおり、チェチェンの難民キャンプに発《た》ったことになっているのだろう。

大使館の人間も事実を知らないのかもしれない。しかし、これは最初から仕組まれた拉《ら》致《ち》であるに相違なかった。

「聞いて。大変な状況なの。目覚めたら見知らぬ街にいて、なんていうか、二世紀前のデンマークの街みたいなところなんだけど、地下に潜ったらハイテクのコントロールセンターがあって……」

「ああ。僕もDVD持ってるよ。逃げだそうとすると大きな白い風船が追いかけてくるんだろ？　ナンバーワンが誰かってのが知りたいのかい？　あれは……」

「違うのよ。ドラマの話じゃないの。なんか、ゲーム機を持たされてるのよ。それの指示に従って行動しろって……」

「ドラマじゃないっていうと、小説の話？　全国の佐藤さんをやっつけろとか？　あれはいただけないな」

「まじめに聞いて。フィクションじゃないの、現実なのよ。太陽の位置からして、たぶんこっちは正午ぐらいだと思うの。時差を知ればおおよその位置はわかるから、いま何時か教えて」

「よくわかんないけど、いまの時刻かい？　ええと……」

ところが、通話はそこでぷつりと切れた。ツー、ツーという反復音が耳に痛い。

時刻を聞くのはルール違反か。それ以外の質問をしろということだ。美由紀は急いで同じ番号をダイヤルした。

受話器から女性の声が流れてきた。「同じ番号へはかけられません」

ルールはぜんぶ先に言ってよ。美由紀は舌打ちをして受話器を戻し、また取りあげた。

今度は友人の携帯電話の番号をダイヤルする。

「もしもし？」と由愛香の声が応じる。

「美由紀だけど……」

「あー、美由紀。はがきでのコンサートの応募、外れちゃった。藍がネットオークションで譲ってくれる人を探してるって……」

「黙ってきいて。わたしが出国してから、妙な噂は聞いてない？　わたし、高速道路で意識を失って、白バイ警官が駆けつけたはずなんだけど」

「白バイ……？　さあ。美由紀のクルマなら、マンションの駐車場にあるでしょ。何に乗っていったの？」

「駐車場に？」

そのとき、またしても電話は切れた。

頭上から音声が響く。一分経過しました。ご利用、ありがとうございます。

落胆が襲った。情報らしきものは、ほとんど手に入らなかった。

あきらかになったのは、ここが海外であること、そして宝くじ当選日やコンサートチケットの当選発表日を過ぎていることから、日本を離れてもう何日も過ぎているらしいということだけだ。

美由紀はガラスの扉を押し開けて、フォーンブースを出た。

店内の客たちは立ちあがったまま、固唾《かたず》を呑《の》んでこちらを見守っていた。

足をとめて、美由紀は彼らにいった。「一分間、どこへでも通話ができるって」

それを聞いた客たちの顔いろが変わった。ほぼ全員がいっせいにフォーンブースに押し寄せる。扉の脇にあるボタンに我先に挑戦しようと、男たちの奪い合いが始まった。

心の奥底に激しい憤りを感じながら、美由紀はその場をあとにした。

わたしたちは遊ばれている。ゲームに参加する意志すら確かめられることなく、強制的に参加を余儀なくされ、盤上の駒にされている。ひとの人生をなんだと思っているのだろう。

わたしのほうにもルールはある。主宰者を突き止め、目的を吐かせ、責めを負わせる。それまで、このファントム・クォーターを去るつもりはない。

占い師

雑木林のなかの小道を歩きながら、美由紀はゲーム機に目を落とした。

まだ第三章の表示がでない。

赤い電話は見つけたし通話もした。それなのに、まだ次の章に進めない。なぜだろう。

考えるのが嫌になって、美由紀はゲーム機をポケットに捻《ね》じこんだ。

誰かが勝手にきめたルールだ、不本意だと思ったところで、どうしようもない。

視界が開けた。

羊が放牧されている牧場の脇に、大きな屋敷がある。風景のままの時代のデンマークなら、間違いなくこの辺り一帯の地主が住んでいる建物だろう。

広大な花壇に囲まれた、その瀟洒《しょうしゃ》なつくりの屋敷に近づいていった。

すると、開け放たれた窓から、女の泣いている声が聞こえてくる。

その女に話しかける、しわがれた老婦の声がした。日本語だ。「そう。それがあなたの人生だったのね。でももう心配いらないから。過去がわかった以上、あなたはこのさき救われる」

「……けど」若い女の声は嗚咽《おえつ》のせいで途切れがちになっていた。「わたし……どうしたらいいのか……。お父さんはまだ都内に住んでるし……」

聞き覚えのある声だと気づいた。

美由紀は窓を覗《のぞ》きこんで、はっと息を呑んだ。「香苗さん」

居間のなかで椅子に腰掛けていた香苗が、こちらを見た。

涙を流したまま、香苗は大きく目を見開いた。「あ、岬先生」

「無事だったの。待ってて、いまいくから」美由紀は急いで屋敷の外を迂回《うかい》し、玄関から中に駆けこんだ。

これまで見てきたものとは比べものにならないほど、高価そうな調度品に彩られた通路を抜けて、美由紀は広々とした居間に入った。

香苗は椅子から立ちあがり、駆け寄ってきた。美由紀は思わず香苗を抱きしめた。「よかった……。香苗さん」

「岬先生。よくご無事で……」

とそのとき、美由紀は、室内にいるもうひとりの視線を感じて、顔をあげた。

いままで香苗と向かい合って座っていた、でっぷりと太った老婦。

身につけているものは一見して派手で、ラメの入ったドレスにペンダントやネックレスを何重にも首に巻き、手首にもきらびやかな宝石をちりばめたブレスレットの数々、そしてすべての指はリングとネイルアートに彩られている。

ショートカットにした白髪にはきれいにウェーブがかかっていて、そこだけ見れば上品ととれなくもないが、ほとんど歌舞伎役者も同然の厚化粧が趣味のよさを打ち消している。過剰に濃く引かれたアイラインのせいで、目もとは異常に鋭く見えた。

「あら」老婦は面白くもなさそうにつぶやいた。「お友達なの」

その見た目も喋《しゃべ》り方も、美由紀にとって初めて見聞きするものではなかった。ただし、初対面であることに変わりはない。美由紀はテレビを通じてこの女を知っているだけだった。

香苗は涙をぬぐいながら、老婦にいった。「こちらは臨床心理士の岬美由紀先生です。岬先生、こちらの方は……」

「ええ、知ってる。厳島咲子《いつくしまさきこ》さんですね？　有名な占い師の」

「占い、というのはちょっと違うわね」咲子は嘲笑《ちょうしょう》に似た笑いを浮かべた。「スピリチュアル・カウンセラーとでも呼んでもらおうかしら。もっとも、そういう呼称も最近では亜流が多すぎて、意味が曖昧《あいまい》になりつつあるけど」

「カウンセラー？　厳島先生はカウンセリングもするの？」

「ええ。いまも香苗さんのトラウマについて、その記憶を呼び覚ましていたところよ」

不穏な空気を感じながら、美由紀は香苗を見た。「なにをされたの？　トラウマ論なんて科学的根拠がないって言ったのに……」

「ちがうのよ、岬先生」香苗はまじまじと美由紀を見つめた。「ほんとだったの。厳島先生と会話するうちに、記憶がよみがえってきて……。思いだすのも辛《つら》かった記憶が浮かんできて、ああ、これがわたしの心を蝕《むしば》んでる原因だったんだって、そう実感して……」

「それは勘違いなの。いい？　記憶なんて薄れていくものよ。楽しかったことも、辛かったことも、どちらもいまの人格形成に影響を与えていて当然なのよ。いま恵まれない状況にあったら、過去を振りかえって誰かを恨んだり、後悔したりすることもある。けれど、抑圧された記憶が無意識のうちに心の病……そう呼ぶのもほんとは正しくないけど、なんらかの疾患を引き起こすなんてのは俗説なのよ」

「だけどわたし、はっきり思いだしたの」香苗は瞳《ひとみ》を潤ませながら訴えてきた。「小さかったころに両親は離婚して……わたし、お父さんが住むマンションの一室にいて……。お父さんはわたしに酷《ひど》いことを……」

「ねえ香苗さん、聞いて。思いこみを暴走させるのはよくないわ。幼少のころの記憶はおぼろげになっているはずだし、それは抑圧されているんじゃなく、ただ忘れかけているだけなの。それを、さももっともらしい記憶回復療法のカウンセリングという体《てい》で言葉巧みに誘導されたら、想像も入り混じった偽の記憶を本物だと思いこんでしまうの。ひと昔前に流行《はや》った自分探しの旅なんて、ぜんぶそういう勘違いの産物だったのよ」

厳島咲子が口をはさんできた。「聞き捨てならない話ね。あなた、わたしを侮辱する気なの?」

「そうじゃないけど……。いえ。ある部分では、あなたは根本的に間違ってると思う」

「岬先生」香苗はすがるようにいった。「厳島先生の言葉はすべて的確だったの。わたしに悩みがあることもわかってたし、それが人間関係の悩みだってことも言い当てた」

「香苗さん。悩みのない人間なんていないし、悩みは総じて人間関係に起因するものよ。占い師っていうのは、そういう誰にでも当てはまる物言いで巧みに相手を信じさせてしまうの。心理学でいうバーナム効果っていう作用を利用してるのよ」

「ああ」咲子は口もとをゆがめた。「どこかで聞いた名だと思ったわ、岬美由紀さん。血液型で性格が分かれるのはナンセンスだとかなんとか、難癖をつけてた人ね。以前に新聞で読んだわ。千里眼って呼ばれてるんだって?　それこそ信じられないけど」

「わたしは信奉者を得ようなんて思ってないの。占い師でもないしね。そういえば、血液型性格分類は占星術と並んで、巌島先生の十八番《おはこ》だったわね？　商売を邪魔されたとでも思った？」

「もちろん。なんて無知な女なんだろうって軽蔑《けいべつ》したわ」

「臨床心理学で否定されている俗説を、どうやって信じたらいいか教えてくれる？」

「あなたに教えることなんて何もないわよ。どうせ地獄に落ちるんだし」

「冥界《めいかい》にまで精通してるのね、先生は。なら、ここがどこかってことぐらい、当然お見通しよね？」

「当たり前でしょ」

「じゃ、どこなのか教えて」

「あなたにはわからないの？　千里眼なのに」

美由紀は口をつぐんだ。

妙に挑発的な態度。たんなる反発というより、立場の優劣を競いたがる敵愾心《てきがいしん》を感じさせる。

どうしてわたしと張りあおうとするのだろうか。この場でわたしを言い負かしたところで、さしたるメリットもないだろうに。

そのとき、水流の音がした。ドアが開いて、洗面所から男がでてきた。

顔を洗ったらしい。タオルを首から下げながら、その日本人の男はにやにやしながらきいてきた。「なにをそんなに反目しあってるんだい？　なんなら、相手の心を読んだらどうなんだい？」

厳島咲子は男にいった。「わたしはとっくに、この岬さんとやらの心を見透かしてるわよ。エゴの固まり、意地っ張りで、自分を利口だと思っていて、嘘つき。それだけの人よ」

憤りを覚えて美由紀は咲子に言いかえした。「それってカミングアウトかしら。ぜんぶあなたにぴったり当てはまるんだけど」

「なんですって。この……」

「よしなよ」男は笑いながら仲裁に入ってきた。「きみ、岬さんっていうのか。なにか厳島先生に聞きたいことでも？　俺が代わりに答えてやるよ」

「……さっき聞いたのは、ここがどこかってこと」

「どこかって？　そんなの、この街にたむろしている連中なら誰でも見抜けているだろうぜ？　まあ、もしきみが間違っていたら、正解を教えてしまうのは癪《しゃく》だからな。おおざっぱに、南半球とだけは言っておこう」

南半球。男は自信たっぷりにそういった。なぜそう言いきれるのだろう。彼は、なんらかの情報をつかんでいるのか。

そのとき、だしぬけにサイレンが響き渡った。

一瞬の間をおいて、屋敷のなかに踏みこんでくるあわただしい足音がした。

居間に駆けこんできた一群は、あの中世もしくは近世の兵士ではなく、ナチス・ドイツの憲兵隊を思わせる深緑の制服に身を包んだ連中だった。腰のホルスターから拳銃《けんじゅう》を抜き、男にいっせいに襲いかかる。

男はびくつき、逃げだそうとしたが、すぐに憲兵隊に取り押さえられた。両腕をねじりあげられ、床にひきずられながら外へと連行されていく。

「なぜだ!?」男は怯《おび》えきった表情で叫んでいた。「どうして駄目なんだ。南半球だろ？　間違ってないはずだろ？　洗面所の水が時計回りに渦巻いてたじゃねえか。俺は間違ってねえ！」

その声が遠ざかっていく。

屋敷の外で、クルマのドアを閉めるバタンという音がした。

エンジン音が響き、それが小さくなると、辺りにまた静寂が戻ってきた。

香苗が戸惑ったように美由紀を見た。「あの人の言ってたこと……間違いだったの？」

美由紀は唸《うな》った。「たぶんコリオリの力ってのを読みかじったんだろうけど……。地球が自転している影響で慣性力が働いて、台風の渦は北半球では反時計回り、南半球では時計回りになる。けれど、洗面台みたいな小さな渦ではコリオリの力はまず無関係」

咲子は椅子に腰掛けたまま、顔をしかめてつぶやいた。「馬鹿な男よ。スピリチュアル・カウンセラーとしても駆けだしだったけど、予知能力があるなんてふかしといて、あの体たらくじゃね。連れていかれて当然よ」

彼も占い師の類《たぐ》いだった。

ふと、美由紀のなかにおぼろげに浮かびあがった思考が、ひとつのかたちをとりはじめた。

「そうか」美由紀はいった。「ペルスペクティヴ、ヴォヤンセ、クレヤボヤンス。それに千里眼……。テレビに出てた超能力者もさっき見かけた。ここに集められたのは、透視とかそういう特殊能力があるとされてる人ばかりなのね」

眉《まゆ》をひそめて咲子は美由紀を見つめてきた。「いまごろわかったの?」

「香苗さんは、わたしに同行したせいで一緒に拉致《らち》された……。ほかにもそういう人がいるかもしれないけど、主宰者の本来の目的は、超能力者を招集することにあった。わたしは超能力者じゃないけど……」

「ええ、そうね。あなたは違うわよね、そんなに鈍いんですもの。そのうち、さっきの人たちが現れて、あなたも連行されることでしょうよ。すでに大勢の人間が、能力のなさを露呈して連れ去られていったから。あなたも不用意な発言には気をつけることね」

「……そう、なるほどね。ここにいる人たちが、やたらと無口だった理由がようやくわかったわ。質問に答えてくれないのも、そのせいだったのね。自分が無知だとバレたら、超能力者じゃないってことが証明され、ただちに排除されてしまう。ここにいるうちにその掟《おきて》を理解し学習したから、みんなおとなしくしているのね」

「いまさらそんなことを……」咲子は忌々しそうにいった。「どうしてあなたはまだ連行されないのかしら」

「わたしは気づいたことを話しているだけで、わからないことがあるなんて口にしていないからでしょ。地下のコントロールセンターでは、ペルスペクティヴのBとか、ヴォヤンセのCとかそれぞれに呼び名をつけて、言動を逐一観察してる。能力がないことをしめす確実な失言がないかぎり、連行の対象にはならない」

「つまり、わたしとあなたのどちらかが、いずれ連行される運命ね。わたしは香苗さんのトラウマを正確に見抜いたし、あなたはそれを否定してる。もちろん、連れて行かれるのはあなたよ」

「トラウマの原因を本人の親とすれば、本人は罪の意識から逃れられるし、すべてを親のせいにできるから、本人はとっても気が楽になるのよね。そういう聞き心地のいい話をしてくれるカウンセラーを万能視して心酔しがちになるし、カウンセラーの側はつじつま合わせの過去を語るだけで尊敬を得られる。倒錯した相互依存の関係よね。そんなものは宗教でしかない。カウンセリングとはまったく別物」

「たわごとは聞き飽きたわ。礼儀作法も心得ない小娘が、千里眼だなんてね。冗談もほどほどにしてもらいたいわ」

「厳島先生はちっとも、わたしの実像を見抜いてくれないのね」

「あなたこそ、なにも見抜けてないじゃないの、岬さん」

美由紀は沈黙し、咲子をじっと見つめた。

虚勢を張っている目。瞳孔《どうこう》が開いている。頬も痙攣《けいれん》している。

こんな局面で自律神経系の交感神経が優位となり、過剰な緊張と興奮に包まれていることからも、厳島咲子は嘘つきだとわかる。わたしにしてみれば、表情を見れば一瞬にしてわかる。

咲子は、これ以上美由紀と張りあうのは苦痛と感じたのか、雌雄を決するような提言を口にした。「もしわたしの考えていることをあなたが言い当てたのなら、わたしはこの身につけている宝石をすべてあなたにあげるわよ」

瞬間的に頭に浮かんだ言葉を、美由紀は発した。「いいわ。あなたの心理状態を言い当ててあげる。あなたはわたしに、宝石をくれるつもりはない」

「なによそれ」咲子は勝ち誇ったように笑った。「あいにくわたしは……」

ところがそのとき、またしてもサイレンが響き渡った。

クルマのエンジン音が聞こえて、すぐに憲兵隊がどかどかと居間に踏みこんできた。

「ああ」咲子は椅子の背に身をあずけて、ふんぞりかえった。「岬さん。お迎えがきたみたいよ」

しかし、憲兵隊は美由紀ではなく、咲子の椅子を取り囲むようにして詰め寄った。

まだ咲子には手をかけないものの、拳銃の銃口は咲子に突きつけられている。

「ちょっと！」咲子はあわてたようすで怒鳴った。「なんなのこれ！　なんでわたしなのよ。違うでしょ、あっちでしょ！」

憲兵隊は押し黙ったまま、無表情に咲子を見据えるばかりだった。

美由紀はいった。「あなたが宝石を渡すのを渋った瞬間、あなたは確実に連行されることになる。彼らは、その準備をしてるのよ」

「ど……どういうことよ、それ」

「厳島先生の考えていることをわたしが言い当てたら、宝石をくれるって言ったわよね。

そしてわたしは、先生はわたしに宝石をくれるつもりはない、そう告げた。もしわたしが言ったことが当たっていたのなら、約束どおりに宝石をもらうことになる。でも外れていたとしたら、先生はわたしに宝石をあげるつもりがあるってことになるから、宝石を渡さざるをえない。どっちに転んでも宝石を渡さなければ、あなたはただの嘘つきになる。このゲームの主宰者が求めている人材でないことがはっきりする」

「な……。それは……わたしを騙《だま》したのね！」

「ふうん。霊能力のあるスピリチュアル・カウンセラーも騙されることがあるの？」

咲子は小刻みに身を震わせていたが、危機を逃れるには宝石を手放すしかないと悟ったらしい。指輪を次々に外してテーブルクロスの上に置き、それからブレスレット、さらにペンダントやネックレスまでを放りだした。最後にクロスの四方を結んで袋状にして封じこめ、美由紀に投げて寄越した。

だが、その作業が終わったとたん、憲兵隊は咲子の両腕をつかんで引き立たせた。

「なにするの！」咲子は悲鳴のように叫んだ。「宝石はあげたじゃないの」

美由紀は告げた。「わたしの罠《わな》が見抜けなかったことで、失格と見なされたのよ」

顔を真っ赤にして、咲子はもがきながら怒鳴った。「畜生、この女！　よくも嵌《は》めたわね。あんたなんか地獄に堕《お》ちればいいのよ！」

罵声《ばせい》は果てしなくつづきそうだった。憲兵隊が連行しようとするが、咲子も床に座りこんで抵抗を試みている。

騒動を見物する趣味はない。美由紀は香苗の肩に手をかけた。「いきましょう」

「あ……でも……」香苗は咲子を振りかえり、抵抗の素振りをみせた。

「香苗さん、お願いだからわたしを信じて。あなたが日々感じる辛《つら》さは、決して抑圧された記憶のせいなんかじゃないの」

「ええ……。わかった、外に出るわ」

香苗はそういって歩きだしながらも、しきりに咲子を気にかけているらしく、ときおり後ろを振り向いていた。

好ましくないことだと美由紀は思った。香苗は、劇的な感動を煽《あお》るトラウマ論に魅せられつつある。できるだけ早急に真実を受けいれさせないと、記憶回復療法に依存しがちになってしまう。いっこうに症状を回復できない、袋小路に迷いこむ可能性がある。

ウェルダン

芝生の丘を歩きながら、美由紀は香苗にきいた。「いつからここにいるって認識してる?」

「きのうから」香苗は並んで歩を進めた。「目が覚めたら、噴水の近くにいて……。あちこちさまよって歩いたら、さっきの家に行き着いたの。厳島咲子先生の家に」

「それで悩みを打ち明けたのね」

「有名な先生だったし、ひと晩泊めてくれるって言ったから……。岬先生とも離ればなれだったし、不安で……」

「いいのよ。これからはずっと一緒にいるから、心配しないで」

「ここって……いったいどこなの?」

わからないと告げたら憲兵隊に連行される。美由紀は慎重に言葉を選んだ。「チェチェンやその周辺国でないことだけはたしかね。ロシア大使館の人が嘘をついていた気配はなかったけど、結果的に説明とは異なる場所にいざなわれたことになる。ほかの人たちも同様なのかな」

「厳島先生は、テレビ局から自宅に帰る途中、クルマのなかで眠っちゃって、目覚めたらここにいたって話してた」

「そう。拉致《らち》された経緯はみんな似たり寄ったりなのね」

「岬先生……」香苗は足をとめた。「やっぱり……気になって仕方がないの。厳島先生と会話してるうちに、はっきりと頭に浮かんだのよ。たしかにお父さんのマンションの部屋だったの。品川の武蔵小山《むさしこやま》、カーサ小山台ってマンション。いまでも、お父さんは独りでそこに住んでる。玄関を入ってすぐの廊下だった。間取りもなにもかも、間違いないのよ。お父さんは、まだ幼稚園に入ったばかりのわたしを……暴行したのよ……」

「香苗さん……」

「ぜったいに、記憶違いじゃないの。思いだしたのよ」香苗は目を潤ませ、声を震わせながらつぶやいた。「変な話だけど……暴行されている自分を、少し離れたところから見ていたような記憶があるの。本来なら、わたしの目線で記憶しているはずなのに……。厳島先生によると、それは一時的に幽体離脱みたいなものが起きて……」

「そんなの、ちがうわよ。いわゆる離人症性障害の可能性がある。それほどありえないことじゃないわ」

「離人症性障害……？」

「重大な心的外傷を体験した人にはときどき起きうるとされてる症状で……自分があたかも外部の傍観者であるかのように感じたりする体験のこと。暴行が事実だったとすれば、そんなふうに記憶の変異が起きてもおかしくないかも」

「やっぱり……。わたし、あの出来事が人生を変えてしまったように思えてならないの」

「だから、そこまで思い詰めないで。ＰＴＳＤとトラウマ論は似て非なるものなの。わたしが力を貸すから、結論は急がずに、症状を少しずつ……」

ふいにファンファーレが鳴った。美由紀の携帯ゲーム機が大音量を発している。

いやな予感がする。美由紀はゲーム機の液晶画面に目を落とした。

〝第三章〟と表示が出ていた。

〝逃げ延びて、渓谷の近くの館《やかた》に辿《たど》り着け〟とある。

香苗の悲鳴がきこえ、美由紀は顔をあげた。

いつの間にか背後に、槍《やり》と盾を手にした兵士が五人ほど身構えていた。

弓兵も三人、その後ろには貴族を乗せた馬車がある。

兵士たちは槍で威嚇してきた。香苗は泣き叫びながら、四つん這《ば》いになって逃げ惑っている。

こみあげる怒りとともに、美由紀はつかつかと兵士たちに歩み寄っていった。

兵士のひとりが美由紀にも槍を向けてきた。掛け声のように兵士は告げた。「ほら、走れ。逃げ惑え！」

「悪いけど」美由紀は低くいった。「逃げる必要なんて感じないの」

美由紀はしばし黙ってたたずむと、素早く槍をつかんで手前に引いた。

不意を突かれた兵士が前かがみになったところに、軽く跳躍して顔面に膝蹴《ひざげ》りを浴びせる。兵士が仰向《あおむ》けに倒れる寸前、美由紀はその腰の剣の柄《つか》を握り、鞘《さや》から引き抜かれるにまかせた。

鎖帷子《くさりかたびら》が地面に叩《たた》きつけられて、騒々しい音を奏でる。兵士たちがいっせいに振り向いた。

彼らの時代のヨーロッパの剣は両手で扱うが、正確な構え方は知らない。美由紀は日本刀のように〝手の内〟で保持し、五行の下段の構えで油断なく立った。

「防衛大の学友会で剣道部にも所属してたけど、忙しくて全国大会に出れなかったのが心残りでね。ここで不満を解消させてもらうわ」

四人の兵士たちは美由紀を取り囲み、同時に襲い掛かってきたが、美由紀はすでに四方《しほう》斬《ぎ》りの構えに入っていた。

剣を斜め前方に打ち抜き、兵士の鎧《よろい》の胸部を突く。振りかぶりながら九十度まわってふたり目の肩を打ち、真後ろを振りかえって兜《かぶと》に剣を振り下ろす。さらに直角に向きを変えて正面から挑んできた敵を水平に打ち抜いた。

両刃《もろは》の剣《つるぎ》では峰打ちはできないが、鎖帷子や鎧の部分を狙って打撃を与えた。敵に激痛を与えて一時的に麻痺《まひ》させるには、それで充分だった。

四人の兵士は、ばたばたと倒れていった。

間髪を入れずに剣を構えて弓兵の懐に飛びこむ。と、矢を弾《はじ》く余裕さえない弓兵らは武器を投げだし、逃走をはかった。

唯一取り残された貴族が、馬車の上から緊張した面持ちでこちらを見下ろしている。

美由紀は剣を投げ捨てると、一本の矢を拾って逆さに持ち、馬車を引く馬の尻《しり》を思いきり叩《はた》いた。

馬は前足をあげて甲高い鳴き声を発すると、駆足《ギャロップ》で全力疾走を始めた。貴族は馬車から降りることさえできないようすで、悲鳴とともに遠ざかっていった。

静寂が戻ると、美由紀は香苗を見た。

香苗は尻餅《しりもち》をついたまま、呆然《ぼうぜん》と美由紀を見あげていた。

「立てる?」と美由紀は手を差し伸べた。

「ええ……」ゆっくりと立ちあがってからも、香苗はまだ信じられないという顔をしていた。「岬先生、こんなに強いなんて……」

「そうでもないわよ。鎧なんか身につけてるせいで、みんな動きが遅かったし」

そのとき、背後から男の声が飛んだ。「いや、兵士たちは精鋭ぞろいだよ。剣道というより剣術だな。実戦的な動きが身についている」

日本語か。美由紀は警戒しながら振りかえった。

ところがそこに立っていたのは、燕尾服《えんびふく》を身にまといながら、鶏の頭部を模したゴム製マスクをすっぽりと被《かぶ》って顔を隠した、背の低い男だった。

また妙なのが現れた。

美由紀はひそかにため息をつきながらたずねた。「日本人？」

「ノーコメント」と男はいった。「私のことはウェルダンと呼んでもらいたい」

「ウェルダン……。焼き鳥になるつもり？」

「いいや。よくできた参加者の前に現れるという、それだけの役割だ」ウェルダンはまだ地面に横たわっている兵士たちに声をかけた。「ほら、撤収しろ。これ以上の醜態をさらすな」

兵士たちは呻《うめ》き声をあげながら起きあがり、びくついた目を美由紀に向けながら立ち去っていった。

美由紀はウェルダンを見た。「わたしの評価が上がったってことかしら」

「そうでもない。いうなれば、予想以上の強靭《きょうじん》さを発揮したというだけだ。本当なら峡谷の近くまで逃げてほしかったんだが、追っ手を撃退するとはね。だから私はきみらを、行くべき場所までいざなうために出てきた」

「そのふざけた鶏のマスクはなんのために被ってるの？」

「当然、きみに本心を見抜かれないようにするためだ。きみは表情の変化から感情を読むのが得意らしいからな」

「嘘をつく気でもないかぎり、感情を隠す必要もないと思うけど」

「そうは思わんね。本来は姿を見せない私の感情をきみが知った時点で、ほかの参加者より優位になってしまう。それでは不公平というものだ。さあ、こちらへどうぞ」

ウェルダンはさっさと歩きだし、丘を下っていく。

美由紀は香苗の手を握った。香苗はただ呆気《あっけ》にとられているようすだったが、美由紀がうながすと、歩調を合わせてついてきた。

歩きながら美由紀はウェルダンにきいた。「公平を期するということは、この場はなんらかの競技なわけ？」

「ゲームではあるが、競技かどうかは微妙だな」

「超能力者を集めている以上、この土地に埋もれているなにかを探させようってことかしら」

「ご名答だ、千里眼。デンマークが五百近くもの島々からなる国であることは知ってるな？　ここはその島のうちのひとつだと言ったら？」

「嘘でしょ。それなら日本との時差は八時間あるはず。正午ぐらいに電話をかけたのに、日本は勤務時間帯だった」

「そのとおりだ。しかし建造物を見ればわかるように、ここは紛れもなくデンマーク王国の領土だった場所でね。位置はロシアの近海で、日本との時差もほとんどない。ロマノフ王朝のピョートル三世の死後、息子のパーウェルがデンマーク王クリスチャン七世にホルシュタイン公爵位を譲ったとき、同時に譲渡された島だ」

「それが本当だとして、どこの国に属する島になるの？」

「現在はロシア政府が管理しているが、住人はいない。今回にかぎってレストランの従業員など世話係や警備員、監視員を送りこんでいるが、ふだんはゴーストタウンだ。ここにはロマノフ家の財宝が埋まっているんでね」

香苗が面食らったようすでいった。「財宝？」

「そう」ウェルダンの鶏の首が大きく縦に振られた。「ロシア革命時に埋蔵されたという、莫大《ばくだい》な量の金塊、もしくは骨董《こっとう》品や宝石の数々。ニコライ二世が文献に書き残している以上、その存在はたしかなものとされている。そしてロシア政府は長年の調査の結果、財宝はこの島に埋まっているとの有力な情報を得るに至った」

「くだらない」美由紀はつぶやいた。「財宝探しのために、透視能力のありそうなニックネームや肩書きを持つ人間を、片っ端から誘拐して集めたってわけ」

「誘拐したわけじゃないよ。ちゃんと事前に各国大使館員を通じ、了解を得ていたはずだ」

「チェチェン難民の救済活動って話だったのよ。どこが了解よ」

「嘘ではないんだ。難民救済のためにも莫大な資金が必要になる。ロシア政府が頼ることができるのは、嘆かわしい話、祖先の遺《のこ》してくれた資産だけでね。説明どおり、正当なボランティア活動にご協力を願ったまでだ」

「薬で眠らせて、こっそり国外に連れだしたことが、拉致《らち》じゃないっていうの？」

「島の位置や当局の目的を知られないために、やむなく用いた方法だ。決して悪気があったわけではない」

洋館が見えてきた。窓の外の風景を油絵に描いていた人々がいる建物だ。

その向こうに峡谷が広がっている。兵士たちに守られた橋が小さく見えていた。

と、その橋を渡っていく者がいる。

金髪の痩《や》せた男。背恰好《せいかっこう》からすると、美由紀が最初に言葉を交わしたフランス人青年かもしれない。

「ああ」とウェルダンも橋のほうを眺めながらいった。「またひとり合格者がでたようだ」

美由紀はきいた。「彼は財宝を見つけたってこと？　それとも、見つけられる力があると証明できたってことかしら？」

「そのうちわかるよ。第四章をクリヤーしたら……」

ゲーム機のファンファーレが鳴った。

また液晶画面を見やる。表示があった。

〝第四章・館《やかた》に入って指示に従え〟

「で」美由紀はウェルダンに目を戻した。「この章をクリヤーしたら、どうなるって？」

「先のことは教えられん。私の役目はここまでだ。健闘を祈っているよ、千里眼。さらばだ」

ウェルダンはそう告げると、身を翻して走り去っていった。

美由紀は香苗を見た。香苗も美由紀を見かえした。まさしく狐につままれたような顔をしている。

たぶんわたしも同じ表情を浮かべているのだろう、そう思いながら美由紀は手を差し伸べた。「中に入りましょう」

「ええ……」香苗は不安そうに、美由紀の手を握った。

香苗の手をひきながら、美由紀は鼓動が波打つのを感じていた。ゲームは終わりに近づいている、そんな予感がする。このシュールな世界の真実とは何だろう。なにが待ち受けているのだろう。誰にもわからない。千里眼なら見通せるのだろう。あいにくわたしは、真の意味での千里眼ではない。

主題

洋館のアトリエにはやはり四人ほどの外国人たちがいて、それぞれキャンバスに絵を描いていた。

さっきとはメンバーが替わっている。以前にここにいた連中はこの章をクリヤーしたか、もしくはドロップアウトしたかのいずれかだろう。

美由紀が入室すると、ベレー帽を被《かぶ》った長身の男が声をかけてきた。「失礼。お手もとの機械を拝見できますかな」

ゲーム機を見せろということらしい。美由紀は液晶画面を男にしめした。

「よろしい」男は微笑した。「そちらのキャンバスと絵の具をお使いください。お連れのかたは、椅子にお掛けになって、ご一緒されて結構ですよ」

「あの窓の外の風景を描くの?」美由紀はきいた。

「その通りです」

「タッチは自由？」

「あるていどは。ただし、キュビスムやフォーヴィスムのように芸術的な技巧を凝らすことは、ここでは評価の対象になりません。できるだけ現実をありのままに写しとっていただきたいのです」

「写実主義ってことか。いかにも二世紀前の北欧ね」

「そういうことです」と男は笑った。

周りの男女らは黙々と絵を描きつづけている。美由紀は空いている席に座り、真新しいキャンバスを目の前に立てかけた。

香苗が隣に座ってたずねてきた。「岬先生は美術も得意なの？」

「そうでもないけど、絵を描くのは好きよ。この風景にはあまりそそられないけどね」

鉛筆を手にとって、下描きのデッサンを始める。

窓の外を描くということは、あらかじめ構図は決められている。窓枠によってトリミングされているようなものだ。

構成要素は峡谷の向こうに建つ教会と、銀いろのドーム、パラボラアンテナ。どう見てもちぐはぐで、よい作品にはなりえない気がする。

それに、あの鐘塔。現実に鐘が下がっていないのだが、風景を知らずに絵のみを鑑賞した人には、単に鐘を描き忘れたかのように思われてしまうだろう。

待てよ。

心のなかに違和感が湧き起こる。

穏やかな午後の陽射しに包まれた窓の外の風景、上空の風は強いのか、雲が流れて地上にときおり影を落とし、明暗の落差をつくる。

ぼんやりと浮かびあがってきた思考は、たちまちひとつの結論にまとまりだした。

そうだったのか。美由紀は唇を噛《か》んだ。

と、そのとき、近くにいた女が自分のキャンバスを手にして立ちあがった。

絵を描き終えたらしい。それを持って、ベレー帽の男のところに向かう。

ベレー帽の男はその絵をしげしげと眺めたが、やがてにやりとして女を見た。「いい絵ですね。構図もしっかりしていて、ミレーやクールベを思わせる現実的で繊細な筆致。感服しました。……が、失格です」

「え?」女は信じられないという顔をした。「それってどういうことよ!?」

「どうもこうもありません。退出してください」

サイレンが鳴り響く。あわただしく踏みこんでくる複数の靴の音。ドアは乱暴に開け放たれ、憲兵隊が姿を現す。

呆然《ぼうぜん》とたたずむ女を、憲兵隊は両脇を抱えるようにしてひきずっていった。

ふたたび静寂が戻ると、ベレー帽の男は告げた。「さあみなさん、しっかり描いてください。早い人は第二章や第三章でも合格を貰《もら》っているんですよ。この第四章はいわばボーナスステージです」

その説明は美由紀の確信を裏づけるものだった。美由紀は鉛筆でおおまかな下描きを終えると、筆を握り、まずは下地づくりにとりかかった。

香苗がきいてきた。「どうかしたの、岬先生？　なんだか、猛然と描き始めたって感じだけど……」

「ええ」と美由紀はうなずいた。「作品の主題が見つかったから」

礼拝堂

絵を仕上げたころには、陽は傾きだしていた。

わずかに赤みを帯びてきた空、崖《がけ》の岩肌、そして教会やドームといった建物の外壁。いろは変わっても、描くべき対象は常にそこにありつづけた。

「きれい」と香苗が感嘆したようにいった。「やっぱり絵も巧《うま》いんですね、岬先生」

「どうかな。美術の先生がなんて言うか」美由紀は筆を置くと、キャンバスを手にして立ちあがった。

ベレー帽の男は部屋の隅で手持ち無沙汰《ぶさた》げにたたずんでいた。美由紀が歩み寄っていくと、男は大仰なほどの愛想《あいそ》笑いを浮かべた。

「ついに完成しましたか。では拝見」と男は両手を差し伸べてきた。

美由紀は黙ってキャンバスを男に渡した。

「ほう」男は眉間《みけん》に皺《しわ》を寄せた。「これは……写実主義ではないですな。どちらかといえば、モネやルノワールのような印象派だ」

「ええ。意識的にそうしたの。光の動きや変化の質感を表現することに重きをおくのが印象派。与えられた課題にはぴったりだと思うけど」

男はしばしば絵を眺めていたが、やがてその目を大きく見開き、興奮したようにいった。

「見事！　この完成度の高さ。まさに芸術の域。文句なしの五つ星ですな！」

「それ合格ってこと？」

「さて……ね。私はここで絵画を評価するだけが仕事でして。ゲーム全体についての評定は、直接あなたの携帯ゲーム機に伝えられることでしょう。この絵を持って橋にお行きなさい。すべてはそこでわかるでしょう！」

美由紀はキャンバスを小脇に抱えながら、香苗とともに丘を下り、峡谷に架かる橋に近づいていった。

夕陽に赤く染まったその橋の手前、兵士たちは左右の隊列に分かれて向かい合わせに立ち、道をあけている。

「どうやら、合格者になりえたようね」と美由紀は歩きながらつぶやいた。

「合格したんですか？」香苗が驚いたようにきいた。「ってことは、第四章まででゲームは終わりってこと？」

「いいえ。たぶん第五章も第六章もあるんでしょう。微妙な結果なら憲兵隊にも連れ去られることなく、いつまでもゲームにつきあわされる羽目になる。でもわたしは、抜けることができた。彼らに認めさせたから」

「彼らって……？」

橋のすぐ近くまで来た。

兵士はアイーダトランペットを空に向けて、ファンファーレを奏でた。

それとほぼ同調して、ゲーム機も同じメロディを鳴らしているのがわかる。液晶画面を見ると、日本語の表示がでていた。

〝祝・合格！〟

思わずため息が漏れる。やっとのことでクリヤーか。

橋に歩を進め、香苗も後をついてくる。が、そのとき、兵士たちが動いた。

美由紀の背後で槍《やり》がX字に突きあわされる。香苗はその向こうで、びくついて立ちつくしていた。

「なにをするの？」と美由紀はいった。

兵士は美由紀をじろりと見て、つぶやくように告げてきた。「ここから先は、合格者以外立ち入り禁止です」

「彼女はわたしの連れよ」

「なりません。こちらでお待ちいただいたうえで、先に祖国にお帰りいただくこととなります」

「日本へ？　……彼女の安全を保証できる？」

「もちろんです。われわれが責任を持ってロシア共和国内の空港までお連れします」

香苗が心配そうな顔でつぶやいた。「岬先生……」

「怖がらないで。わたしが主宰者の目的に気づいた以上、友達であるあなたに手出しできるはずないわ」

「それ……どういうこと？　ここのゲームって、いったい何だったの？」

美由紀は黙って香苗を見つめた。

彼女には打ち明けられない。

秘密を知れば、危険にさらされることもあるだろう。何も知らないままなら、安全に帰国できる可能性も高い。それ以外に、選ぶべき道はない。

「わたしを信じて」と美由紀はいった。「先に日本に帰って、臨床心理士会に連絡をして。住所を伝えてくれれば、わたしも帰国しだい、すぐにあなたのところに行くから。わたしがあなたのカウンセリングをして、症状を改善できるように最大限の努力をする。だから、決して記憶回復療法に頼ろうなんて思わないで。厳島咲子みたいな人に頼ろうと思っちゃだめよ。わかった？」

香苗の目には、かすかな当惑のいろが浮かんでいた。

それでも、香苗はうなずいた。「ええ。岬先生も、気をつけて……」

美由紀はうなずくと、踵《きびす》をかえして橋を渡りだした。

本当は、香苗を残していきたくない。

彼女はまだ迷っている。苦痛から逃れたいあまり、奇跡にすがりたい願望をのぞかせている。そもそもわたしを頼ってきたのも、千里眼という評判を聞きつけたからだろう。

だが、彼女に必要なのは宗教的な信仰心ではない。症状を改善するための適切な指導と療法が施されることだ。

香苗のためにも、まずはこの場の責務を果たして、無事に帰国することが最優先だった。

このふざけたパーティーにつきあわされたのは不愉快きわまりなかったが、真実を知りえたことはそれなりに価値がある。

長い橋を渡り終えると、森のなかに敷かれた石畳の道が教会へとつづいていた。

美由紀は手にしていたキャンバスを眺めた。さっき自分が描いた絵と、現実を見比べてみる。

あのパラボラアンテナが建つドームへの道は、いまのところ見えない。順路に従って巡るべしというところか。

まずは教会だ。美由紀は石畳の上を歩きつづけた。

ローマ様式の影響を受けたとおぼしきアーチ状の門をくぐって、石造りの巨大な教会に近づいていく。

赤く染まった空の下にそびえる教会はどことなく不気味だった。石に刻まれた羊や馬のレリーフの陰影が奇妙に現実味を帯びて、いまにも飛びだしてきそうに思える。

礼拝堂の観音開きの扉は開いていた。美由紀がそのなかに入ると、扉は背後で自動的に閉じた。

ステンドグラスからわずかに夕陽が差しこむ薄暗い礼拝堂。

正面の祭壇に向かって無数の椅子が設置されている。ロシア正教ではなく、デンマークのキリスト教プロテスタントの趣が濃い。

無人に思われた礼拝堂のなかには、離れた場所に座るふたりの男の姿があった。ふたりとも、こちらを振りかえっている。

顎《あご》ひげをたくわえた男は「放送ノチカラ」の超能力者、スピン・ラドック。もうひとりの金髪の青年は、噴水の前で出会ったフランス人だった。

ラドックはふんと鼻で笑った。「三人目は若い東洋人女性《ザ・サードパーソン・イズ・ア・ヤング・アジアンウーマン》か」

「岬美由紀です《アイム・ミサキミユキ》。どうぞよろしく《マイベスト・リガーズ》」美由紀はフランス人青年に目を移した。「さっきは《ヌザヴォン・オン》どうも《コウ・ホンコントレ》。わたしは……」

「英語なら話せるよ《アイキャン・スピーク・イングリッシュ》」青年は立ちあがった。「ユベール・ボードォワールだ。きみ日本人?」

「ええ、そうだけど」

「きみもお国で透視能力があるなんて思われてるのかい?」

「いえ……。そんなふうに過大評価してる人がいるみたいだけど、わたしは普通の人間よ」

「僕もさ。ここに連れてこられた理由を知ったときには愕然《がくぜん》としたよ。超能力者だなんて非現実的な……」

「つまり」ラドックが口をはさんだ。「きみらはエセ超能力者ということだな。結果は知れていたが、私以外には本物はいなかったということだ」

「なにが本物だよ」ユベールはラドックにいった。「知ってるぞ。アメリカの大衆紙にいんちきを暴かれただろ。FBIに捜査協力したってのもでたらめで、じつは近所の窃盗事件がらみで刑事があんたの家に聞き込みにきたってだけらしいな。自分の国じゃ稼げなくなったんで、あちこちに海外出張か。一生を詐欺師同然に暮らすわけだ。泣かせるね」

ラドックは憤りのいろを浮かべて立ちあがった。「相手を見てものを言うんだな。私は実際に……」

と、ふいに低い声が響き渡った。「静粛に」

美由紀は辺りを見まわした。

三人以外、礼拝堂のなかには誰もいない。

「岬美由紀。歓迎する」声は祭壇から聞こえていた。「ファントム・クォーターでのテストには合格したわけだが、きみの口から正解が告げられないかぎり、千里眼と認めるわけにはいかない。いまこの場で説明してもらおう。何を見て、何に気づいたかを」

ユベールが美由紀にささやいた。「僕たちはもう答えたよ。きみの番ってことだ」

祭壇に向き直り、美由紀はいった。「その前に約束して。わたしの友達を無事に日本に帰すって」

「問題ない。というより、途中で失格となり連行された者たちも含め、われわれの求めていない人材はすべて迅速に祖国にお帰り願うことになっている。この島からは定期的に船がでていて、彼らはロシア本土に運ばれ、飛行機で各国に強制送還となる。事実を知る者たちでない以上、彼らが社会生活に復帰してもわれわれとしてはなんの支障もないからだ」

「ってことは、わたしたちは違うの？　事実を知ったがゆえに危険分子となったとか？」

「それは、きみの答えいかんによる」

「そう……。じゃ、説明してあげるわ。あなたたちは世界じゅうから透視能力があるとされる人々をさらってきて、この場所に集めて、ある特定の物を発見できる人間が何人いるかを確かめようとした。その物っていうのは、財宝なんかじゃない。ニコライ二世のいったロマノフの財宝なんてものは、強いて言うならシベリア平原に埋まっている石油や石炭のことで、金塊でもなければ骨董《こっとう》品でもない。貧困に窮するロシア政府はそれらを知りつつも、掘りだすだけの財力がない。こんなこと、いまどき新聞を読んでいれば誰でも知ってることよ」

「よかろう。ではわれわれはきみらになにを探させようとしてたんだね」

「それは」美由紀はキャンバスをしめし、絵の一箇所を指差した。「これよ」

ユベールとラドックが振りかえり、美由紀のキャンバスを見つめる。

美由紀はいった。「教会の鐘塔に、鐘はない。なにもないように見えるけど、じつはここにある物体が存在する。ほとんど透明なので、ふつう肉眼では見極められないけど」

「そう」ユベールがうなずいた。「高さ五メートル、直径五十センチぐらいの円筒のガラスがぶら下がってる。クリスタルかな。とても透き通ってて、ほんのわずかな光の反射ぐあいでわかるていどだ。その絵、よく描けてるよ。わざと誇張して描いたんだろうけど、たしかにそんなふうに陽射しを反射して外郭が浮かびあがってた」

「褒めてくれてありがとう」美由紀は微笑してみせた。「ただし、これはクリスタルガラスじゃないの。トマホークミサイルに被《かぶ》せるカバー。東大生が開発したフレキシブル・ペリスコープを〇・五ミリの極細の繊維状にして、光を物体側面に迂回《うかい》させ向こう側に通すことで、何もないように見せかけてる。いうなれば対肉眼《アゲンスト・ネイクドアイ》ステルスね」

「なんだって?」ユベールが驚きのいろを浮かべた。

ラドックも同様に面食らった顔をしていた。

すなわちこのふたりは、鐘塔の物体には気づいたものの、その正体までは知りえていなかったのだろう。

祭壇の脇の扉が開いた。

落ち着いた足どりで礼拝堂に入ってきたのは、三人の黒スーツ姿の男だった。

ひとりは長身で初老の白人。それからプロレスラーのように体格のいい猪首《いくび》の男。そして東洋人の血が混じっているとおぼしき背の低い男だった。

美由紀はその小男に告げた。「また会ったわね、ウェルダン。鶏の首はもういいの?」

小男は目を見開いた。「あ……。なぜわかった?」

「そりゃ体型がまったく同じだもの。気づかないほうが変でしょ」

背の高いリーダー格の男は、頰に傷のような縦じわを無数に刻みこんだ、凄《すご》みのある面持ちをしていた。

男は英語で告げてきた。「驚くべき解答だよ、岬美由紀。初めてお目にかかる。私はベレゾフスキー・ベルデンニコフだ。この用心棒のような男はボブロフ。それから、すでにご挨拶《あいさつ》済みのウェルダン。彼は日本語通訳スタッフとして雇用してるんだが、きみには必要なかったみたいだな」

「いいえ。役には立ったわ。鶏のお面のせいで顔は見えなかったけど、声が震えてたから噓も見抜きやすかったし」

ベルデンニコフはウェルダンをじろりと見やった。ウェルダンは怯《おび》えたように、巨漢のボブロフの陰に隠れてちぢこまった。

超能力者のラドックがこわばった顔でつぶやいた。「ベルデンニコフ……。まさかロシアン・マフィアのベルデンニコフ一家?」

「そうだとも」ベルデンニコフは醒《さ》めた目をラドックに向けた。「とっくにご存じかと思ったがね。迷宮入りした事件の真犯人を超能力で見抜くことができるスピン・ラドック氏のことだから、私の正体ぐらいは」

「いや……」ラドックは口ごもった。「それは……まあ」

「では諸君」ベルデン＝コフは後方の扉を指ししめした。「こちらへどうぞ。くだんの物体をお目にかけようじゃないか」

鐘塔

　鐘塔の内部にはエレベーターがあった。ベルデンニコフとその一味に連れられ、美由紀はユベール、ラドックとともにエレベーターに乗った。

　上昇するあいだ、誰も口をきかなかった。とりわけラドックは額の汗をしきりに拭《ぬぐ》いながら、そ知らぬ顔をつとめていた。

　恐怖を覚えているようだ、と美由紀はラドックについて思った。

　ベルデンニコフというマフィアの名は聞いたことがないが、ラドックの態度から察するに、ロシアのみならず西欧社会にも影響を与えるだけの力を有するファミリーなのだろう。

　これで無事に帰れる確率は限りなくゼロに近づいた、美由紀はそう感じた。

　エレベーターの扉が開き、風が吹きこんできた。黄昏《たそがれ》どきの空が視界に広がる。

　鐘塔の頂上部分だった。かなりの高さだった。潮の香りもする。眼下には森林が広がり、銀のドーム屋根や、彼方《かなた》には海も見えていた。

本来ならここには鐘がぶら下がり、辺り一帯にその音色を響かせるところだ。いまは何もない。

いや、そうではない。

目には見えないが、たしかに存在する。

近づいてみて、ようやくわかるていどだ。空中にひずみが生じているようにも見える。テレビの走査線のように網がかかっているようにも見えるが、それらは極細フレキシブル・ペリスコープの端の隙間だろう。映像としても、これほど微細な解像度を誇るモニターはまだ存在しない。

ユベールが手を伸ばし、その見えない物体に触れた。

頭上を仰ぎ見ながら、ユベールは叫んだ。「なんてことだ！　まさしく、見えない柱が立ってる」

美由紀もその表面に手を近づけた。

感触は柔らかい。だが、無数の突起の集合体に感じられる。ブラシの先に触れたときに近い。それら繊維の先に、物体を迂回した向こうの景色が映っているのだろう。

目の焦点を強制的に手前に移すことで、物体の存在はなんとか視認できる。しかし、本来は虚空に思えるその位置に焦点を合わせる人間はいない。ゆえに、なにも見えない。目と鼻の先にあるはずの高さ五メートル、直径五十センチの円筒が捉《とら》えられない。

奇跡としか思えない。自然の摂理を打ち破った大発明だ。

ベルデンニコフは得意げにいった。「われわれは見えない外皮《インヴィジブル・インベストメント》と呼んでる。耐熱性のグラスファイバーで、柔軟性がある。幅二・六七メートルの翼にもぴったりフィットし、その稼動を妨げない」

美由紀はベルデンニコフに皮肉をこめて告げた。「ロケットブースターを切り離したとき、後部の噴射口付近が焦げなければいいんだけど」

「心配はいらんよ。飛行実験はすでに済んでいる。垂直発射管から発射して着水までに破損するフレキシブル・ペリスコープ繊維は、全体の二・六四パーセント以下だった。そのていどでは飛行中の物体として視認できる状態にはならん」

「おい」ユベールが目を丸くしていった。「待てよ。僕たちは、これが見えるかどうかのテストに連れてこられたってのか？　ただそれだけのためにかい？」

「そうとも」ベルデンニコフはうなずいた。「莫大《ばくだい》な巨費を投じてようやくインヴィジブル・インベストメントは完成した。これにトマホークや発射用設備を加えてセットで納品するわけだが、私のクライアントは慎重でね。あらゆる条件が整っても、まだ不測の事態が起きるんじゃないかと神経を尖《とが》らせている。巨額の経費だけに支払いを渋る気もわからないではない。私としては、報酬を得るためにクライアントを納得させるだけの保証になるデータを揃える必要があった」

「ふうん」美由紀は腕組みをした。「超能力者にはこれが見えるんじゃないかって、そこまで心配したわけね」

「その通りだ。レーダーに熱探知、目視、あらゆる方法で見えないと立証されても、常人の力を超える人間にとってはどうなのか、そこまで確かめたいというんだな。クライアントは超常現象を信じてるわけではなさそうだし、私も同様だ。それでも、たとえば五感が異常に発達しているとか、直観力や分析力に秀でているとか、そういう人間は存在する可能性もある。そこでクライアントと証明の方法を話し合った。それが、ここでの試みだ。現在は無人島となったこの島に監視設備を導入したうえで、世界じゅうから透視力を持つといわれる人間を集める。合計、七十九人だった」

「で、この鐘塔に物体を置いて、峡谷ごしに何人気づくかをテストしたわけね。それも、被験者らの心理状態を変化させることによって、どのような状態のときに気づく可能性があるかも確かめようとした。第一章ではとりあえず、優美な風景のなかでリラクゼーションを味わっている状況下で、なにも知らされずにいる状態。第二章は電話で故郷の知人と会話させてさらなる安堵《あんど》を与え、第三章では逆に追われる者の緊張と恐怖を味わわせた。

その後も、財宝探しという目的を与えることで探査意欲を与えたり、絵を描くという名目で窓ごしに見える教会の風景をじっくりと観察させたりした」

「そう。きみの場合はようやくその段階で気づきおおせたということだな。しかし、それでもたいしたものだよ。第四章で絵にこの物体を描くことができた者はほかにいない。どうやって見定めた？」

「認知的不協和よ」

「なに？」

「受動的に注意集中することで、視覚の常識にそぐわない違和感を感じとることができる。空という普遍的な空間に生じたわずかな歪《ひず》みは、そういう心理作用で察知できるの。必要なのはリラクゼーションを保つことと、心理学の知識、それから視力の良さぐらいのものね」

「なるほど……認知的不協和。ロシア大使館員の伝言で知ったよ。御船千鶴子が海底炭坑を発見したのと同じ技能ということだな。日本の千里眼の女、か。私の目に狂いはなかった。しかもこれがトマホーク用のカバーであることまで見抜くとは……」

「そうでもないわ。わたし、事前に多少の情報を得ていたのよ。前の職場がらみでね」

「ほう」ベルデンニコフの目が険しくなった。「……そうだったか。防衛省はもう、噂を聞きつけていたか」

「だから、ほんとの合格者はふたりだけってことかしら」

「そういうことになるな。透視能力で名高い七十九人中、たったのふたりだ。これならクライアントも納得するだろう」

「少なくともわたしを含めて三人は、今後飛んできたミサイルが見える可能性があるってことね」

「たしかに。ゆえに、その危惧《きぐ》は払拭《ふっしょく》せねばならん」

風が鐘塔のなかを吹き抜けた。

日没とともに、気温が急速に下がる。肌に感じる冷たさが辺りを包んだ。

ラドックが震える声でいった。「待ってくれ。危惧を払拭だと……。私はなにも見ていない。どこへ行こうと、ここでの出来事を公言する気はない」

しかし、ベルデンニコフは冷ややかにラドックを見据えた。「いまさらどうにもならんよ。あなたは事実を看破したからこそ、ここにいる。否定はできんはずだ」

「待て。違うんだ。私は……気づいてなんかいなかった。カネを払ったんだ。いつもそうしてきた。ここでも、運営側の人間にカネを渡して……紹介してもらったんだよ、そこにいるウェルダンってのを」

ウェルダンの顔が硬直した。ベルデンニコフがウェルダンをにらみつけた。

「でたらめだ」ウェルダンはあわてたようすでわめいた。「俺は……こんな奴とは、顔を合わせてません。言いつけどおり、出歩くときにはマスクを被《かぶ》ってたし……」

「ああ」ラドックはまくしたてた。「たしかに鶏のマスクで顔を隠してたな。だが店の従業員の紹介で、おまえは俺に会ってくれたじゃないか。合格すれば報奨金が出ると言ってたくせに。よくも騙《だま》したな」

「誤解です！」ウェルダンはベルデンニコフに泣きついた。「あいつはいんちき超能力者です。信じないでください」

ベルデンニコフは冷静にいった。「そのようだな」

ウェルダンは凍りついたように押し黙り、ベルデンニコフの顔を見あげた。

しばらく無言で立ちつくしていたベルデンニコフが、指をぱちんと鳴らした。

ボブロフが進みでて、ウェルダンの喉《のど》もとを絞めあげた。ウェルダンはじたばたと抵抗したが、ボブロフはその身体を難なく持ちあげて、そのままラドックのほうに向かっていく。

「やめろ。やめてくれ！」ラドックは逃げ惑ったが、すぐにボブロフのもうひとつの手の餌食《えじき》になった。

ふたりの男を絞めあげ、両腕で高々と掲げながら、ボブロフは鐘塔の縁《へり》に向かっていった。

脅しではない、本気だ。美由紀はあわててボブロフに駆け寄った。「やめて！」

だが間に合わなかった。ボブロフは両手を突き放した。ふたりは悲鳴とともに、地上へ落下していった。

ユベールが衝撃を受けたようすで頭を抱えた。「なんてこった……」

美由紀は呆然《ぼうぜん》と、眼下を見おろした。ふたりははるか遠くの地上の石畳に叩《たた》きつけられ、ぴくりとも動かなくなった。

ひどいことを……。

あのふたりが告白したことは真実だった。表情を見ればわかる。ラドックはウェルダンを買収して、解答を得ただけだったのだろう。

積み重ねてきた嘘に対する最後の告白は、彼らにとって功を奏さなかった。教会での罪の告白だというのに、神に受けいれられなかった。

だしぬけに、ボブロフの手が美由紀の髪をつかんだ。激しい痛みとともに、美由紀は後方へと引っ張られ、その場に背中から倒れこんだ。

痺《しび》れるような苦痛が全身を駆けめぐる。それを堪《こら》えながら起きあがろうとしたとき、ベルデンニコフが近づいてきて見おろした。

「さてと。千里眼」ベルデンニコフは低くいった。「彼同様、きみも生かして帰すわけにはいかんな。解答がフェアだったかどうかに関わらず、きみは合格者なのでね。合格者とはすなわち、存在してはならない人間のことなんだよ」

ガス室

ゲームの進行中に憲兵隊を務めていたのは、ベルデンニコフ一家のマフィアたちのようだった。いまは黒スーツに着替えて、それぞれの手にオートマチック式の拳銃《けんじゅう》をぶら下げている。

十数人のマフィアらに威嚇されながら、美由紀はユベールとともに教会から銀いろのドームへとつづく道を歩かされた。

クルマの通行が可能らしく、舗装してある。ジープやトラックも何台か見かけた。この辺りは、あのゲーム用の街に物資を運ぶためのバックヤードでもあったのだろう。

森林のなかにそびえるドームは直径百メートルほどもある巨大なもので、一見プラネタリウムの施設にも思える。建物の入り口をくぐったとき、美由紀は息を呑《の》んだ。

ドームに見えたのは手前の半円だけで、向こう側は大きく刳《く》り貫《ぬ》かれている。内部はそこかしこにヘリやセスナ機、輸送機が点在する格納庫だった。丸天井の埋め込み式の照明が、それぞれの機体を照らしだしている。

滑走路ははるか彼方《かなた》へと伸び、その向こうには海がひろがっているのがわかる。設備そのものは、それほど新しくはない。ベルデンニコフ一家の建設によるものではなく、以前にソビエト政府によって建造されたものだろう。

美由紀はきいた。「勝手に政府所有の島を占拠したんじゃ、立場がまずくならない？」

ベルデンニコフは表情ひとつ変えなかった。「買い取ったんだよ。ソビエト時代と違って、いまの政府は財政難からあらゆるものを放出してくれる。核弾頭でさえ、英国車のベントレーより安い値段で取り引きされてる」

「トマホークに搭載可能な小型軽量の核弾頭となると、そう安くもないでしょ。巡航ミサイルならロシア製のAS15あたりを使えばいいのに。なんでトマホークなの？」

「詳しいな。拝金主義に腐敗しきった軍部といえど、さすがに防衛に不可欠な最新兵器は手放す気はないらしくてね。その点、西欧諸国の資本主義経済のほうが自由な取り引きができる。軍需産業が商品を出品する武器マーケットが公明正大に開かれているぐらいだからな。トマホーク一発なら、奮発して新品を購入したほうが早いよ」

「一発って？　日本以外の工業国の株を買い占めたのもあなたたちでしょ？　たった一発じゃ日本の製造業を壊滅させることはできないんじゃなくて？」

「ところがな。そうでもないんだ」ベルデンニコフはまた指を鳴らした。「百発百中ではなく一発必中。それが現代のビジネスってものだよ」

格納庫内に存在する立方体のコンクリート製の建造物に、マフィアの何人かが駆けていく。鍵《かぎ》を開錠し、分厚いドアを押し開ける。

「入れ」とボブロフが命じた。

四方から銃口が狙いすます状態では、どうしようもない。

美由紀は先に立ってドアのなかに入った。

そこは事務机がひとつだけ置いてある殺風景な部屋で、奥には全面ガラス張りのもうひとつの部屋がある。

その扉は側面にあった。スクリュー式のロックがついた密閉式の扉だ。

室内を眺めているあいだに、ユベールもなかに連れこまれてきた。後方でかちゃんと音がする。

振りかえると、壁の収納棚に無数の鍵がぶらさがっているのがわかった。マフィアのひとりが、いま入ってきたドアの鍵をそこに掛けたらしい。

気づくのが遅れた。美由紀は自分の失策を呪った。

どの鍵だったのかをしっかり見定めておく必要があったのに、これでは脱出を試みる際に途方もない時間がかかってしまう。

と、美由紀はユベールのそわそわした態度に気づいた。

ユベールも美由紀を見かえした。ついさっきまでなかった感情がそこにある。秘めごとがある人間に特有の、緊張したまなざし。

鍵が戻された位置を見たのか。それを周囲に悟られまいとしている、そうに違いない。忘れないでいてほしい。重要な記憶だ。

「さて」ベルデンニコフが告げてきた。「このガラスの部屋に入ってもらう。多少窮屈だが、ふたりならだいじょうぶだろう」

「なんの部屋なの？」

「スターリン時代の置き土産。ガス室だな。この島はウラジオストック南方海域にあるが、日本の領海もすぐ近く、目と鼻の先でね。冷戦時代には在日米軍とにらみ合う前線基地のひとつだった。あの古きよき時代、軍事施設に粛清のための設備は不可欠だった」

「ナチと同じね」

「そのナチと同盟関係にあったのはきみの祖国だろう、岬美由紀。ナチス・ドイツに虐げられていたフランスの若者と一緒に天に召されるとは運命の皮肉だな」

「待てよ」ユベールが顔を真っ青にしてまくしたてた。「僕はなにも知っちゃいない。トマホークとか、核弾頭とか、なんのことかさっぱりだ」

「だがいまは知る身になっているわけだ。消えてもらわねばならん。クライアントは神経質なのでね」

「いやだ！」ユベールは逃げだそうとした。「冗談じゃない。外に出してくれ！」

だが、巨漢のボブロフがユベールの胸ぐらをわしづかみにして、洗濯物でも投げこむかのように扉のなかに放りこんだ。

ボブロフは美由紀に向き直り、両手を突きだしてきた。

「入るわよ」美由紀は告げて、さっさとガラスの部屋に足を踏みいれた。

ベルデンニコフがボブロフにいう。「ここに残れ。私たちは先に輸送機で飛ぶ。いつもどおり、撮影をしておけ。あとで楽しみたいからな」

「やめてくれ」ユベールはすがるように扉へと這《は》っていったが、間に合わなかった。ボブロフはその分厚い扉を閉じた。

スクリュー式ロックのハンドルが回され、扉は密閉状態に近づいていく。

だが、まだ外の声が漏れ聞こえる。

マフィアのひとりがベルデンニコフに駆け寄って話しかけた。真珠湾の垂直発射装置は予定より早く工事を完了できるようです。

美由紀はガラス越しに、その報告をした男の顔を見た。緊張や警戒のいろは感じられない。嘘をついているとは考えにくい。

そのとき、ユベールが床にうずくまって泣きだした。

「どうしてだよ」ユベールは肩を震わせていた。「僕、リヨンのちっぽけな会社に勤務してた、ただのしがない配管工だよ。探しものの達人だなんて言われて、地元のローカルテレビの取材を受けたりするうちに、話がでっかくなっちゃって、超能力かもなんて騒がれて……。そりゃ、人気者になるのは悪くなかったから否定しなかったけど、ほんとはただ勘が鋭かっただけなんだよ。それがこんなとこに連れてこられて……」

「落ち着いて」美由紀はユベールの近くにひざまずいた。「勘が鋭かった、って？」

「ああ……。散らかってる事務所で、上司がなくしたって騒いでた物を瞬間的に見つけたのが始まりでね。ふしぎと、目に飛びこんでくるんだよ。地図でも探している地名とか、顧客名簿のなかの名前とか、すぐ見つけられるんだ。同僚は気味悪がって、超能力かなんて言いだしてたけど、そんなことはない。僕はふつうの人間だよ」

「ユベール……。ねえ、わたしにはわかるわ。あなたの言うとおりよ。誰でも持っている選択的注意っていう心理作用が、あなたの場合は他人より強く働く。その特性があるだけなのよ」

「……選択的注意？」

「ええ。だから、わたしはあなたを超能力者だなんて見なしてないわ」

「きみは、どうなんだい？　千里眼だなんて呼ばれてたけど……」

美由紀は首を横に振った。「あいにく、わたしもただの人間なの」

「おしまいだ」ユベールは両手で顔を覆った。「もう絶望だ。生きてここを出ることはない」

「諦《あきら》めないで。まだ希望はあるわ。ユベール、さっき外側のドアの鍵、どこに戻されたか見たでしょ？」

「見たけど……このガラス部屋の扉が開かないことには、意味ないじゃないか」

「そんなことはない。情報はあればあるほどいいの。教えて」

「……あの収納棚に架かってる鍵の右から二列め、下から四つめ」

確認しようと美由紀は顔をあげた。

そのとき、ガラス越しにボブロフの姿が目に入った。ボブロフはにやつきながら、ガラスの前に三脚を立て、HDDカメラを据えている。

ユベールがつぶやいた。「なにしてるんだろ？」

「わたしたちが死ぬさまを録画するつもりでしょ」

「なんだって⁉　そんなの撮ってどうするつもりだい」

クライアントに観せるのだろう。見えないものを見ることができた合格者たちを一掃した、その証拠の品を作りたがっているに違いない。

ボブロフは壁に向かい、スイッチを入れた。

美由紀の頭上から、シューという気体の噴出する音が聞こえてくる。見あげると、高い天井の通気口から、怪しげな白い煙が吹きこんでくる。

「息を吸わないで」美由紀はユベールにいった。

「え……」天井を仰ぎ見たユベールが、ふいにごほごほとむせだした。喉《のど》をかきむしり、床を転げまわった。

呼吸しなくても、わずかずつでも吸引してしまっているのか、美由紀も胸に締めつけるような激痛を覚えた。嘔吐《おうと》感とともに全身が痺《しび》れだす。力が入らなくなり、その場に突っ伏しそうになった。

目に痛みを感じ、涙がにじみでてくる。どんな種類の毒ガスかはわからないが、即効性がある。意識も遠のきだしている。ガラスを叩《たた》いたが、びくともしない。特殊強化ガラスに違いなかった。

ガラスの向こうで、ボブロフが満面の笑いを浮かべているのが見える。

憤りが美由紀のなかにこみあげた。こんなところで惨めな死に様をさらす気などない。

ポケットをまさぐり、厳島咲子から奪いとった宝石類を床にぶちまける。そのなかから、白く輝くダイヤモンドを選んで、ガラスにこすりつける。

だが、それはガラスに傷ひとつつけるどころか、反対に宝石のほうが砕けてしまい、粉末状になってこぼれ落ちた。

ニセモノか。せこい占い師だ。別のダイヤをとって再度試みる。またもや、削られたのは宝石のほうだった。

不審な動きに気づいたらしく、ボブロフの顔から笑いが消えた。拳銃《けんじゅう》をかまえてこちらに近づいてくる。

まだ発砲できるはずがない。そうなればガラスが割れて、こちらの脱出の助けになってしまう。飛びだした瞬間が勝負だ。

ようやく本物のダイヤの指輪を見つけた。ガラスに大きくX印を書く。さすがに自然界で最強の硬度を誇る鉱物。ガラスには深い傷が刻みこまれた。それから二重丸を描く。衝撃が放射状に走ったとき、砕けやすくするためだ。

美由紀は起きあがり、反対側の壁にまで後退してから、全力疾走でガラスに体当たりした。

けたたましい音とともに、弾《はじ》けるようにガラスが割れた。

破片が降り注ぐなか、銃を身構えたボブロフに突進して、下から巻きこむようにその腕をつかむ。捻《ひね》りあげて銃口を天井に逸《そ》らさせた。銃声が一発轟《とどろ》いた。だが、弾丸は天井に命中し、コンクリートの欠片《かけら》を降らせただけだった。

ボブロフは猛然と反撃にでてきた。美由紀を身体ごとつかみあげると、壁に投げた。背中に衝撃が走り、それから痛みを感じる。美由紀は床につんのめった。

そのとき、同時に床の上に散らばるものがあった。無数の鍵《かぎ》だ。収納棚に背を打ちつけてしまったらしい。

体勢を立て直すのが遅れた、そう悟ったが、ボブロフが近づいてくる気配はなかった。

顔をあげると、ボブロフは両手で胸部を押さえて咳《せ》きこんでいた。

ガスを吸いこんだらしい。こちらの息も長くは保《も》たない。美由紀は飛び起きてボブロフに駆けていった。

勢いにまかせて身体をひねり、敵に背を向けた状態から後ろ足を跳ねあげ後旋腿《こうせんたい》のまわし蹴《げ》りを放った。踵《かかと》に衝撃が走る。ボブロフはもんどりうって床に崩れ落ち、うつ伏せたままぴくりとも動かなくなった。

ガラスの壁面にあいた大穴から、ユベールがむせながら這いだしてきた。

美由紀は駆け寄ってユベールを助け起こし、ガス室からできるだけ引き離した。

そこには、次なる問題が待ち受けていた。床に散乱した無数の鍵。

だがよくみると、その種類はまちまちで、形状も大きさもそれぞれに異なっている。

「ユベール」美由紀はいった。「悪いんだけど……どの鍵かわかる？」

苦しそうに咳きこみながらユベールは首を横に振った。「無理だよ……。こんなにしちゃって。もうだめだ」

「そんなことはないの。あなたはいちどその鍵を見てる。選択的注意が得意なはずでしょ。よく見て」

「だから……わかんないって……」

「お願い。本来なら深呼吸してリラックスしてほしいけど、いまの状態じゃ不可能だわ。だから、せめて心だけ落ち着けて。これらの鍵を眺め渡すの。受け身の状態で注意集中するって難しいことだけど、あなたはそれができたはず。目の焦点だけははっきりと合わせて、臆測《おくそく》は働かせずに、漠然と眺めるのよ。やってみて」

ユベールは困惑したようすだったが、やがて咳《せき》をこらえるように目を固くつむってから、ゆっくりと開眼した。鍵の散らばった床の隅々を眺めまわす。

その手が床に伸びた。

真鍮《しんちゅう》製の鍵をユベールの指がつかみとった。「これだ」

限界が近づいている。再度試してみたところで、ユベールの集中力はつづかない。わたしのほうも、立ちあがる体力さえ残されていないありさまだ。

美由紀は転がるようにドアに近づいて、鍵穴に鍵を差しこんだ。

回らない。と思えたのは一瞬のことで、ガチャンという音とともに鍵は半回転した。ノブを引くと、扉は開いた。

「ユベール。しっかり」美由紀はフランス人青年の腕をとり、肩にかけて抱き起こした。そのまま前のめりになって、ドアの外に駆けだした。

薄暗い格納庫につんのめって、うつぶせに這《は》った。

潮の香りが心地よい。苦しげな呼吸音が自分のものだと気づいた。まだ痛みの残る肺に少しずつ酸素を送りこんでいく。

視線をあげてみると、格納庫には誰もいなかった。

輸送機がなくなっている。ベルデンニコフ一家はすでに退散したらしい。

香苗や、ほかの囚《とら》われた人々は無事に帰還しただろうか。いかにロシアン・マフィアでも、重要な作戦を前にして大規模な殺生をおこなうとは考えにくい。当局の監視の目が厳しくなるからだ。

いずれにしても、まだ島に残っている人間がいるかどうか、空から確かめるのがいちばん早い。

セスナ機が滑走路に引きだされている。セスナ172Nだった。残ったボブロフのために用意されていた機体だろう。少なくともロシア領土内に戻るだけの燃料は積んであるということだ。

ウラジオストック南方海域なら、二等空尉だったころによく飛んだ。潮の流れを見ただけで、どのあたりの上空かほぼ把握できる。

ここからまっすぐに南下すれば日本列島に辿《たど》り着く。

「歩ける？」美由紀はユベールに声をかけた。「あのセスナに乗っていくわよ」

ユベールはきょとんとしていった。「賛成だけど……誰が操縦するんだい？」

「わたしよ」と美由紀はいった。「人の感情を読むよりずっと、そっちのほうが得意なの」

教官

美由紀が島からの脱出を果たしてから、四日が過ぎていた。

市谷《いちがや》にある防衛省のA棟、内部部局のフロアにある会議室には見覚えがあった。現役のころにもたびたび呼ばれた。それらは常に、幕僚監部までもが火消しに奔走しなければならないほどの国際的な問題を、美由紀が引き起こしたときと相場がきまっていた。

たとえば、F15《イーグル》パイロット《ドライバー》としての最後の任務、日本海の不審船をめぐる応酬だ。美由紀は上官の制止を振りきって不審船の行方を追おうとした。北朝鮮の領空を侵犯したという抗議を受けて、美由紀はこの場に出頭を命じられ、内部部局と幕僚監部の面々を前に延々と叱責《しっせき》された。

そのときも、いまのように独りきりで長い時間待たされた。この部屋で過ごす憂鬱《ゆううつ》な時間。まさか自分の人生に戻ってくるとは夢にも思っていなかった。

ドアが開き、あわただしく入ってきたのは制服姿の広門友康空将だった。小脇に分厚いファイルの束を抱えている。

それから、以前にも顔を合わせた防衛計画課の佐々木という職員。ふたりとも苦い顔をしていた。

ファイルを乱暴にテーブルに置き、広門は苛立《いらだ》たしげにいった。「岬。私はきみを信頼していた。その私たちの協力を断っておいて、勝手に動くとはな。事態の収拾のためにどれだけ苦労したと思っている」

美由紀は立ちあがって敬礼しようと腰を浮かせていたが、広門がそれを待つようすもなく椅子に座ったため、また腰掛けざるをえなかった。

「広門空将」美由紀はいった。「あの島での出来事は、わたしが了承したうえでのことではありませんでした。国内で失神させられ、ひそかに連行されたんです」

「しかし、ロシア大使館員の要請を受諾したのは事実だろ」

「あの大使館員のほうこそ、真相を伝えてはいませんでした。知っていたら、あんなところへは……」

「まあ、おふたりとも」佐々木がなだめるように口をはさんだ。「ロシアン・マフィアのベルデンニコフ一家が国際人道支援担当の政府高官を買収し、各国駐在の大使館に働きかけていたことはすでに調べもついております。大使館員らはなにも知らされておらず、誘拐の共犯とは見なされていない」

　広門は渋い顔をしたままだった。「われわれから逃げるようにロシア大使館員の招きに応じて、一日早く日本を発《た》とうとした。その態度はいかがなものかと思う」

　これには美由紀も黙ってはいられなかった。「わたしは元幹部自衛官ですが、現在は臨床心理士です。彼らは、その臨床心理士であるわたしに支援を求めてきたんです」

「結果は説明とは大きく異なっていたわけだ。きみは相手の感情を読みとれるんじゃなかったのか」

「なにも知らされていない人を前にして、嘘を見抜けというのは無理な相談です」

「それならどうして島から連絡を寄越さなかった。きみの報告では、電話で一分間の国際通話が可能だったそうじゃないか。なぜ真っ先にわれわれに電話しない」

「その時点では誘拐犯がロシアン・マフィアであることや、トマホークのステルス・カバーの可視の度合いを測るという彼らの意図が発覚してませんでした」

「真っ先に気づくべきだろう」

「だから、気づきえないほど精巧な出来だったとご報告申しあげたはずです。佐々木さんに見せていただいたフレキシブル・ペリスコープの試作品よりはるかに進化したものです。数メートルも距離を置けば風景に溶けこんでしまいます。レーダーや熱探知も回避できるとベルデンニコフは言っていました」

「われわれの読みどおりだったわけだ。それをきみは……」

佐々木が咳《せき》ばらいをして、広門の小言を制した。

「よろしいですか」と佐々木は告げた。「どういう経緯にせよ、これで完全なるステルス化を果たしたトマホークの存在は明らかになったわけです。岬さんの脱出後、ロシア領海内のあの島は政府当局および警察による捜査を受けています。拉致《らち》誘拐の被害にあった各国政府に伝えられたところでは、ベルデンニコフ一家は半年ほど前にあの島を買い取り、必要な改装を試みている。ロシア領海内にありながら、複雑な歴史の影響でデンマーク色の濃い建物が多く残ったあの島を選んだのは、いうまでもなく拉致被害者らにその場所を知らせまいとしたためでしょう」

美由紀は佐々木にきいた。「島に残っていた人たちはどうなりましたか。わたしに同行していた水落香苗さんは……」

「ご安心ください。すでに帰国しておりますよ。ほかの拉致被害者の方々も同様です。あなたに関してのみ、事情を聞くため石川県の小松基地から百里《ひゃくり》基地、そしてここに移送し、身柄を預かっているわけです」

「経験したことはすべてお伝えしました。セスナで島から離脱したとき、すでに島は無人と化してましたし、そのまま飛んで能登《のと》半島に行き着いてから現在までは、ずっと事情聴取を受けていて新しい情報など得られませんでした」

広門がひとりごとのようにこぼした。「夜間の日本海を、わが国の領土まで飛ぶ腕がきみに備わっているのはなぜなのか、そして、緊急通信の方法がどうして身についていたか、そこのところをよく考えてもらいたいものだな」

「……自衛隊における訓練には感謝しています……。でもわたしは、人道的なボランティア活動だと信じればこそ、海外にいくことを決心したんです……」

しばし室内は沈黙に包まれた。広門はみずからを強情すぎると感じたのか、やや気まずそうに視線を逸《そ》らしていた。

「岬さん」佐々木は身を乗りだした。「事態はしかし、われわれが懸念した通りの状況に向かっています。ベルデンニコフ一家は正体不明のスポンサーの強力な資金援助を得て、日本以外の国の製造業に多額の株式投資をおこなっているのです。ロシア当局による島の捜索でも、核搭載のトマホークの発射および目標への誘導を算出する各種のデータが残っていたと聞きます。幽霊会社を経由して、アメリカの兵器市場から最新式のタクティカル・トマホーク一発を三百万ドルで購入したこともわかっている。正確な攻撃目標の位置は不明ですが、この国が危機に瀕《ひん》していることはあきらかです」

美由紀はまたしても腑《ふ》に落ちなかった。「以前に申しあげた疑問は、依然として残るはずです。たった一発のトマホークでどうやって日本の重工業すべてを壊滅できるんでしょう。島で見ることのできたステルス・カバーはひとつだけでしたし、ベルデンニコフも一発でなんらかの目的を果たしえると口にしていましたが、どう考えても不可能です」

「けれども、彼らが垂直発射管の準備をしている旨を、小耳にはさんだわけでしょう？」

「ええ……。真珠湾のどこかで工事中だとか……。でも、トマホークの射程距離は最大で二千五百キロ、対してハワイから日本までの距離は六千四百キロもあります。到底、届くものではありません」

広門が美由紀を見つめた。「きみに聞かせることを前提とした虚言じゃないのか」

「いいえ。嘘ではありません」

「どうしてそうわかる」

「嘘をついたかどうかは、顔を見ればわかるんです。これぱかりはご理解いただけないでしょうが、事実ですからしょうがないんです」

また室内が静かになった。

佐々木が真顔で告げてきた。「岬さん。ベルデンニコフの意図に不可解なところはあっても、見えないトマホークは彼らの手中にある。発射後、高度な誘導システムで進路を変えながら低空を飛行、亜音速で目標まで飛び、確実に命中する。突然、国内に核爆発の火の手があがってもおかしくない状況です。防空に打つ手はありません。これがのっぴきならない状況であることは、ご理解いただけますね？」

「はい……」

「結構。では、岬美由紀元二等空尉。浜松基地に教官として赴任してください」

「え？　どういうことですか」

「岬」広門は硬い顔をしていった。「浜松には早期警戒機を擁する警戒航空隊と、ペトリオットや基地防空火器の教導を務める高射教導隊がある。きみはその目でステルス・カバーなる物体を見た。彼らにその特徴と、視認できるポイントを教導する義務がある。彼らはそれを学び、全国の基地の各部隊に伝えてまわることになる」

「視認できるポイントといっても……。わたしも事前の知識があって、ようやく静止しているステルス・カバーの存在が見抜けただけで……」

佐々木は美由紀を見つめてきた。「どんなことでもいいんです。パイロットだったあなたなら、そのカバーを装着したトマホークがどう飛行するか、推測を働かせることもできるでしょう。とにかく、いまのままでは防空はあって無きがごとしです。どんなにささいなことでも、彼らに教えてやってください。一日おきで結構です。それ以外の日は、臨床心理士として働かれるのがいいでしょう。ご了承いただければ、あなたの正式な帰国を認め、今晩は家に帰れます」

「……了承しなかったら？」

広門は咳ばらいをした。「その選択肢自体、存在しないんだよ。岬。わかるだろう」

「……そうですね。そのう、わたしはこの期に及んで、協力することを渋っているわけではないんです。ただし、教えられることがあるかどうか……。心理学でいう認知的不協和が視覚に働くことは誰にでも起こりうる作用ですが、ステルス・カバーに気づけるかどうかは……」

微妙、いや、きわめて困難といわざるをえない。

それでも、広門や佐々木の申し出は理解できる。

不可能とわかっていても、わずかな確率に賭《か》けて挑まねばならないこともある。いまがそのときだろう。

「わかりました」美由紀はため息とともにいった。「やってみます。できる限りのことを」

S席

外にでたとき、すでに日は暮れていた。

防衛省の正門をくぐって、美由紀はようやく自由の身に戻ったと実感した。明日からは、別の意味での拘束が待っているのだが。

携帯電話をとりだして、臨床心理士会の事務局にかけた。

電話にでたのは舎利弗だった。美由紀は水落香苗についてたずねてみた。そっちに相談に来てない？

「いや」と舎利弗の声が告げてきた。「ずっと連絡がないな。帰国してたとは知らなかったよ。きみと一緒じゃなかったのかい？」

「それが、複雑な事情で離ればなれになって帰ってきたの。日本に着いたら臨床心理士会に連絡するように言っておいたのに……」

「美由紀。いったいなにがあったんだい？　難民キャンプに行ったんじゃなかったのか？」

「……詳しくは話せないの。それと、明日以降しばらくは午後のみの勤務にしてほしいんだけど……」

「どうして？」

「午前中に別の用があって。それも浜松から東京に帰って来なきゃいけないから、一時以降ならありがたいんだけど」

「なんだかバタバタしてるんだね。……わかった、調整しとくよ」

「ありがと、先生。じゃあまた電話するから」美由紀は電話を切った。

低いエンジン音が轟《とどろ》いて、キセノンの青白いヘッドライトが近づいてくる。赤い流線型のクーペが、美由紀のすぐ前に滑りこんできた。

アルファロメオだった。アルファ8cコンペティツィオーネ。派手な外見を持ったV8のスーパースポーツを乗りまわす知人とくれば、ひとりしかいない。

運転席から降り立った高遠由愛香が、キーを投げて寄越した。「おかえり、美由紀。運転したいでしょ？」

美由紀はキーを受け取って、運転席に近づいた。「ねえ由愛香、悪いんだけど、ちょっと寄り道していい？」

「いいけど、どこに？」

「品川の武蔵小山。カウンセリングの相談者がらみのことで」美由紀はドアを開けて運転席に乗りこんだ。

キーをひねってエンジンをかける。マニュアルとオートマチック、好みのモードに切り替えられるようだ。

由愛香が助手席に乗りこんでいった。「美由紀は当然、マニュアルでしょ」

「そうね。加速を試してみたいから」

クルマを発進させた。

電子制御でトルクを抑えぎみにするメルセデスと違って、ほんの数秒で最高出力に達する。三車線のクルマの流れをすり抜けて、たちまち右車線にでて高速域に入った。

「ところで美由紀、セブン・エレメンツのコンサートチケットだけど……」

「藍がネットオークションで探してるんだって？　ほとんど望み薄ね」

「それが、そうでもないのよ。三人ぶんのチケットを売りだしている人を見つけたらしいの。静岡市民文化会館、八月六日でＳ席だって」

「ほんと？　Ｓ席なんて、かなり値が張ると思うけど……」

「そこはわたしがスポンサーだからさ。金に糸目をつけるな、確実に競り落とせって藍に言ってあるの」

「ほんとにだいじょうぶかな？　チケットの偽物とか出まわってるって話も聞くけど」

「まあ……ね。でも藍はネットでの買い物にも慣れてるみたいだしさ。ふだんパソコンも持ち歩いてるほどのヘビーユーザーだし。心配ないんじゃない？」

そうね。美由紀はつぶやいた。

心配ごとが山のように押し寄せて、しかもそれらすべてに幸運を求めたい状況だ。チケットの購入ぐらい、スムーズに実現してもらいたい。そのていどの運にさえ期待できないとあっては、この先にやってくる大きな賭けには到底勝つことができない。

カウンセラー

香苗は父親の住むマンションの名を、カーサ小山台といっていた。

同名のマンションを、美由紀はカーナビの探索で見つけた。商店街からかなり離れた、住宅地の奥深くに位置している。

クルマをそのマンションの脇に停めて、美由紀は外に降り立った。

まだ日は暮れたばかりだが、辺りは静寂に包まれている。人通りもなければ、往来するクルマもほとんど見かけない。

美由紀は由愛香とともに、マンションのエントランスに歩み寄っていった。

マンションは三階建てで、築二十年ぐらいは経っていそうだった。単身者向けではなく、ファミリータイプらしい。それぞれのフロアに六つずつ部屋があるようだ。

古い建物のせいかエントランスにオートロックはなかった。郵便受けを見ると、306に水落雄一という表札があった。

香苗の父だろう。

父はずっとここで独り暮らしをしている、香苗はそう告げていた。香苗が幼少のころ、部屋のなかで暴行を受けたという。少なくとも彼女は、それをはっきり記憶していると主張していた。

階段を三階まで上り、いちばん奥にある306号室の前に立った。

呼び鈴を押してほどなく、鍵《かぎ》が開く音がして、扉はそろそろと開いた。

年齢は五十代から六十歳ぐらい、見た目は温厚そうな男性が顔をのぞかせた。

ワイシャツの喉《のど》もとのボタンをはずし、ほどいたネクタイが首からぶらさがっている。勤務先から帰ったばかりなのかもしれない。

美由紀はきいた。「水落雄一さん、ですか？」

「そうですが」水落は控えめな口調でいった。「どちらさまでしょうか？」

「わたし、香苗さんから相談を受けた臨床心理士で、岬……」

「ああ……。娘のことかね。悪いんだが、もう一緒に住んではいないんだ」

「お会いになってもいないんでしょうか？」

「いや。会ったよ。……ついさっきのことだが」

「さっき？　香苗さんはここに訪ねてきたんですか？」

水落は疲れきったかのようにため息をつき、扉を閉めにかかった。「すまないが、家庭内のことなので……」

だが、美由紀はとっさに扉をつかんでいった。「そうはいきません。香苗さんの精神状態が著しく不安定になることがあって、彼女がそれに苦しんでいることはご承知でしょう？　わたしは彼女の苦悩を和らげてあげたいんです」

そのとき、水落の顔にかすかな憤りのいろが浮かんだ。「だからといって、娘の戯言《ざれごと》を鵜呑《うの》みにした人間と話さなきゃならない道理はないはずだ」

「戯言……？」

「いいかね。私は妻とも離婚したし、香苗にとってよい父親だったとは思っていない。だが、わが子に対する愛情だけは揺らいだことがない。私は香苗に手をあげたことさえないんだ。ましてや……」

「暴行なんて身に覚えがない、そうおっしゃるんですね」

「……信じようと信じまいと自由だ。きみは警察じゃないんだろ？　家のなかのことに口出しせんでもらいたい」

「警察が来たら捜査には応じるってことですか？」

「いや」

「どうしてですか。潔白を証明されたほうが、あなたのためでもあるでしょう？」

「きみ。……警察がもし動くことになったら、それは娘の証言を真に受けてのことだろう。きみも香苗には会っただろうが、私に暴行されたと信じてる。……さっきもここで泣きわめいてたよ。ここに来てみて、はっきり思いだしたとか、そんなことを言ってた。間違いなくこの部屋で暴行を受けた、お父さんに乱暴された、とね。香苗がそう言っているんだ、私がなにを主張しようが、無駄ってもんだろう……」

「……香苗さんはその後、どこへ？」

「カウンセラーに相談に行くとか言ってたよ。きみのところじゃないのかね」

「いえ。わたしのところには連絡もないですし」

「そうかね。厳島……とか言ってたかな。とにかく、その人のカウンセリングを受けて、トラウマを思いだしたそうだ」

「……水落さん。あなたは、香苗さんが誰かに暴行されたことがあったかどうか、記憶してますか？」

「あるとも。四歳のころだったと思う……。妻のほうの家に帰ってきた香苗は、ひどい混乱状態に陥っていて、怯《おび》えきっていたそうだ。すでに妻と私は離婚していたが、そのときだけは呼ばれて、駆けつけたよ。香苗の身体のあちこちに、傷ができていた」

「警察に届けは……」

「出すべきだったかもしれないが、妻と相談して、秘密にすることにした……。娘の将来を考えると、表沙汰《おもてざた》にしたくなかったし、娘もいずれ忘れてくれるだろうと思ってた。だが、違ったんだな。娘はそれを引きずってた。しかも私に暴行されたと思いこんでいる。表面上は安定を取り戻したように見えたのに、心の奥底ではそうではなかったってことだろう」

「その話を、香苗さんになさいましたか？」

「言ったとも。さっき娘が抗議して怒鳴りこんできたときにね。でも娘は聞く耳を持たなかった。私のことを、死ぬまで恨むと言っていたよ。……死ぬまで恨む、か。嫌われたもんだ」

視線を落とし、黙りこくった水落雄一の顔を、美由紀はしばし見つめていた。

「水落さん」と美由紀はいった。「わたしには、あなたが嘘をついていないとわかっていますから」

妙な顔をして水落は見かえしてきた。「なぜ？」

「理由はともかく、わたしにはわかるんです。今晩はここにいてください。真実は、わたしが証明します」

美由紀はそれだけいうと、頭をさげて水落に背を向けた。

廊下を足ばやに歩く美由紀を、由愛香は追ってきた。「どういうことよ。さっきの人は、香苗さんって子の父親で、暴行魔ってこと？」

「ちがう。あの人じゃないわ。表情を見ればわかる。あの人は、嘘をついていない」

「でも香苗さんは、そういう事実があったと記憶してるんでしょ？」

「ねえ由愛香。あなたのお店って有名人とか、芸能人のお客さんも多いんでしょ？　厳島咲子がどこに住んでいるか知らない？」

「スピリチュアル・カウンセラーの厳島咲子？　まあ、うちの店はああいう胡散臭《うさんくさ》いのはあまり来ないけど、たしか白金台《しろかねだい》にお店を持ってる友人が親しいって言ってたわ。たぶん住所も、その友人に聞けばわかると思う」

「いますぐ知りたいんだけど……」

「いいわ。まかせて」由愛香は歩きながら、携帯電話を操作しはじめた。

美由紀は階段を駆け降りた。二階の踊り場で、近くの部屋からテレビの音が漏れ聞こえてくる。野球中継らしい。実況アナウンサーが告げていた。東京ドームからお送りしております、巨人・中日戦。三回表の中日の攻撃は……。

それぞれの家に、それぞれの暮らしがある。人生がある。日本全土を震撼《しんかん》させる危機も、家族の絆《きずな》が崩壊する危険も、当事者にとっては等しく絶望的な窮地にほかならない。わたしはどちらも無視できない。いずれの事態も解決する。そうでなくては、他人の感情が読めるという特殊な技能を持つに至ったわたしが、この世に存在する意義はない。

未来予知

厳島咲子の家は白金台の高級住宅街に建つ豪邸で、独身の咲子は何人かの使用人を雇って悠々自適の生活をしているという話だった。

テレビでゲストの芸能人相手に好き勝手な占いの結果を披露しては、視聴者を煽《あお》って存在感を高めようとする咲子のやり方を敵視する者も多く、したがってその屋敷は厳重なセキュリティに守られていると聞いた。

午後七時四十分。美由紀はひとりでその厳島邸を訪ねたが、警備は厳重どころの騒ぎではなかった。

門から玄関に至るまでの庭にはプレハブの警備小屋が建っていて、高齢の警備員が常時そこに詰めていた。

しかも玄関前には空港のように金属探知器のゲートがあり、美由紀は腕時計やアクセサリーの類《たぐ》いを外して警備員に預け、そのゲートをくぐらねばならなかった。

使用人に案内され、ホテルのような絢爛《けんらん》豪華な内装の通路に歩を進めた。
途中、美由紀は警備から返された携帯電話を見たが、電波の受信状態は圏外になってい
た。邸内は、コンサートホールのようにジャミング電波で覆われているらしい。
セキュリティが厳重なのはわかるが、携帯電話を使用不能にすることにはどんな意味が
あるのだろう。
通された部屋は、社長室のように広々としたオフィスで、中央にはアールデコ調のデス
クが据え置かれていた。
その向こうでは革張りの椅子に厳島咲子が身をうずめている。
デスクの手前では、咲子に向かい合わせるように置かれた椅子に、香苗が腰かけていた。
ふたりはしきりに話しこんでいるようすだったが、美由紀が入室すると、同時に顔をあ
げてこちらを見た。
「ああ」咲子は顔をしかめた。「泥棒猫が舞い戻ったみたい」
「岬先生」香苗は目を見張っていた。
美由紀はつかつかと香苗に近づいた。「香苗さん。どうして約束を守ってくれなかった
の」
「だって……。どうしても気になってしょうがなかったし……」

「厳島先生」美由紀は派手な身なりをした老婦を見据えた。「香苗さんをそそのかさないでくれますか。彼女にはきちんとしたカウンセリングを受けさせるべきです」

咲子はあくびを嚙《か》み殺すしぐさをした。「まったく、人の家に押しかけてきたと思ったら、一方的に文句を言ってくるとはね。てっきり謝罪に来たのかと思ったのに、中に入れて損をしたわ。出ていってくれる？　もちろん、盗みとった宝石は置いていってもらうけど」

「盗んでなんかいないわよ。あなたがわたしにくれたんでしょ」

「ああ言えばこう言う、ね。警察にも被害届、出しておいたから」

「ちゃんと正直に被害額を伝えたかしら？　ダイヤ七個のうち五個が偽物だったけど」

「盗人猛々《ぬすっとたけだけ》しいとはこのことね。あなた、やくざか何か？　わたし、警視庁にも捜査協力したことがあってね。暴力団がらみの事件を受け持っている捜査四課にも友達が大勢いるのよ」

「現在の警視庁にはもう捜査四課はないでしょ。でたらめで人を翻弄《ほんろう》するのもいい加減にしたらどうなの」

「岬先生……」香苗は立ちあがって、悲痛な顔を向けてきた。「厳島先生にもう一度お話をうかがおうと思ったのは、わたしのほうなの。わたしからお願いしたのよ。あの島からの帰りの船も一緒だったし……」

「無事に帰れた？　ロシア人たちになにもされなかった？」

咲子がふんと鼻を鳴らした。「岬美由紀さん、あなたは船にいなかったみたいだけど、よっぽど酷《ひど》い目にでも遭ったの？　だとしたら天の配剤ね。わたしたちは豪華なクルーザーで、ほとんど船上パーティーのようなもてなしを受けてロシアまで帰ったのよ。そしてウラジオストック空港からファーストクラスで送ってもらえた」

「拉致《らち》や誘拐事件として捜査を始めている全国の警察を黙らせるためにでしょ。被害届が少なければそれだけ犯行の当事者たちは窮屈な思いをせずに済む」

「なにが拉致や誘拐よ。あれはロシアの大富豪がわたしたちを招待したサプライズ・パーティーだったのよ。彼は超能力に興味があって、世界的に評判の高い透視能力の持ち主を一堂に集め、ゲームに参加させた。あとで、いきなりのことですまなかったとしきりに詫《わ》びてくれてたわ」

「そう思えるように、鎖帷子《くさりかたびら》や鎧《よろい》の兵士だとか、貴族とか、憲兵隊っていう賑《にぎ》やかな登場人物を仕立てたのよ。彼らの正体はマフィア。パーティーなんかじゃなかったのよ」

「かわいそうに。とんだ思い違いをしてるみたいね。あなたは何もわかってない。いい加減、自分がうすのろだってことに気づいたらどうなの」

美由紀は、咲子に妙なゆとりが備わっているのに気づいた。

どれだけ待遇がよかろうと、国内から無理やり連れだされた事実に変わりはない。それなのに、実行犯らになんの恨みも抱いていないかのような口ぶりだ。

「……どうやら、口止め料を貰《もら》ったようね」美由紀は軽蔑《けいべつ》をこめながら咲子を見つめ、それから香苗に目を移した。「あなたも受けとったの？」

「わたし……」香苗は当惑したように目を伏せた。「お願い、岬先生。わたしはこれからも独りで生きていかないと……。だから道しるべがほしかったの。人生の行方を知らせてくれる人のアドバイスを聞きたかったのよ」

なるほど、そういうことか。美由紀は厳島咲子に視線を戻した。

「香苗さんに支払われた口止め料のすべてを、あなたがカウンセリングの報酬として受け取ったわけ？　ほんと懲りない人ね」

「わたしは気の毒な香苗さんの依頼を受けて、できるだけのことをしてあげたにすぎないわ。岬美由紀さん、あなた、本当に香苗さんの苦悩をわかってるの？　彼女は幼いころに負った深い心の傷のせいで、いまも苦しんでるのよ」

「トラウマ論に科学的裏づけはないって言ったでしょ。香苗さんのお父さんは暴行なんか働いていない」

香苗は驚いたように目を丸くして、美由紀を見つめた。

咲子は口もとをゆがめた。「なにを馬鹿なことを。あなたのほうこそ、何か根拠があるの？」

「岬先生」香苗は泣きそうな顔で告げてきた。「わたし、思いだしたんだってば。たしかにお父さんの部屋で乱暴をされたの。相手はお父さんだったのよ」

「落ち着いて。島にいたときにあなたが話してくれた内容では、とりわけ記憶に残っているのは部屋の間取りで、相手に関してははっきりしていなかったはずだわ。マンションは同じ業者が建てれば室内も似通ったものになる。ほかの建物だった可能性もあるのよ」

「ほかの……」

「ねえ、香苗さん。さっきお父さんと会ったとき、お父さんは暴行した覚えはないって否定したでしょ。香苗さんは自分のお父さんをどれだけ信用できるの。自分の育成に全責任を負っていた親という存在にすべての憎しみをぶつけることで、不幸なわが身に感じる苦悩をやわらげたいという衝動は誰にでも起きる。けれども、お父さんは本当にそんな人だった？　もういちどよく考えて。お父さんをいい人だと思ったことはないの？　愛情を感じたことはなかったの？」

「やれやれ」咲子は投げやりにいった。「もめるのなら、他でやってくれる？　わたしは香苗さんが相談に来たから、答えてあげたまでよ。面倒ごとを持ちこむのを許可した覚えはないわ」

香苗は咲子と美由紀をかわるがわる見て、目を潤ませながらつぶやいた。「わからない。わからないよ……。自分ではわからないから、相談しようと思ったのに。岬先生は千里眼だっていうし、厳島先生もすごく有名でなんでも見通せるっていうし、だから……」

「わかった」美由紀は香苗にいった。「じゃ、わたしについて答えるわ。わたしの人生に誓って、あなたのお父さんは暴行をしていない、そう言いきる」

「けど……。ごめんなさい、岬先生。厳島先生は……たしかに人の知らない未来までも知ることができる人だし……」

美由紀は咲子に目を向けた。

咲子はそ知らぬ顔をして、デスクの上の万年筆をいじっている。

「厳島先生」香苗がいった。「さっき見せてくれた未来予知……でしたっけ。もういちど、お願いできませんか。岬先生にも見せてあげたいんです」

「お断りよ。どうせこんな人、難癖をつけてくるにきまってるから。すなおじゃないしね」

「いいえ」と美由紀は咲子にいった。「あなたにもし本当にそんな力があるなら、わたしは喜んで香苗さんをあなたに預けるわ。あなたが不可能を可能にする人だというのなら……」

しばらくのあいだ咲子は渋い顔をしていたが、美由紀に対して優越感を持てるチャンスかもしれないと考えたのか、いいわ、そういった。「納得したら、さっさと出ていってちょうだい。そこのところ約束できる？」

「ええ」

咲子はおもむろにリモコンを手にした。ボタンを押すと、壁ぎわのテレビが点灯した。いま東京ドームでおこなわれている巨人・中日戦の生中継が映った。

四回の裏、巨人の攻撃。中日のピッチャーは佐藤、バッターボックスは巨人の小久保。カウントはノースリー。

「内角低め」咲子はいった。「小久保はバントの構えをするも空振り。一塁に送球、セーフ」

振りかぶった佐藤が投げる。すかさず小久保はバットを短く持ってバントを試みる。が、ボールは内角低めでキャッチャーミットにおさまった。立ちあがったキャッチャーが一塁に送球。一塁ランナーが駆け戻る。塁審の判定はセーフ。

香苗が美由紀をじっと見つめてきた。

ほら、間違いないでしょう。香苗の目がそう訴えかけている。

「次の投球はフォーク」咲子はけだるそうにつぶやく。「打ちあげてセンターフライ、でもセンターが取り落として、一塁ランナーは三塁へ、打った小久保は一塁」

今度も咲子の指摘どおりの状況が展開した。

小久保の打球は大きくセンター方面に上がったが、確実に捕球すると思えたそのボールを、センターが落球してしまった。大きく沸く観客席。

アナウンサーが興奮ぎみに告げた。一塁ランナー矢野は三塁へ。小久保は一塁、セーフ。

ポーンと音が鳴った。

八時ちょうどになりました、引き続き東京ドームから巨人・中日戦をお送りします。

美由紀は腕時計を見た。

常に秒までしっかりと合わせてある美由紀の時計は、一秒の狂いもなく八時を指していた。

「どう?」咲子がいった。「エセ千里眼の岬美由紀さん。あなたにこんな真似はできないんじゃなくて? うなずけたなら、黙ってそのドアから退室することね。おとなしく引きさがってくれれば、いままでの失礼は不問にしておくわ」

沈黙のなかで、香苗は無言のままうつむいていた。彼女の心が、厳島咲子に傾いているのを感じる。宗教の信者は、総じていまの香苗のような心境なのだろう。

美由紀は携帯電話を取りだし、開いてみた。時刻は腕時計と同じ。そして、電波状態は圏外。

ため息をついてみせた。

「くだらない」美由紀は咲子を見つめた。「これって厳島先生のお気に入りのパフォーマンス？　来客があったら必ず見せるんでしょうね。金属探知機を通ったときに、腕時計も携帯電話も一時的に預けた。使用人が、一分ほど遅らせたんでしょ。で、このテレビは壁の向こうでHDDレコーダーにつながってて、録画しながら一分間のインターバルを置いて追いかけ再生してる。先生はそのデスクに仕込んであるテレビでリアルタイムの放送を観ているだけ。わたしが納得して部屋を出たら、また玄関先で金属探知機を通らされるんでしょうね。なにも盗みだしていないことをチェックするとかなんとか理由をつけて。そのときに腕時計と携帯電話の時刻は元に戻される」

香苗が面食らったように目を見開いた。

咲子のほうは表情をこわばらせただけだった。

が、美由紀にはそれで充分だった。鼻に皺《しわ》が寄り、上唇が持ちあげられた。図星を突かれ、嫌悪を覚えたに相違ない。

「あなたの想像力には感服するわ」咲子は苦々しくいった。「価値ある説得もあなたには無駄なようね。自分の持ち物まで信じられないなんて。呆《あき》れて物もいえないわ」

「厳島先生。腕時計と携帯電話の時刻をずらしたうえに、ジャミングで通話もできなくすれば電話の時報も聞けない。あなたって人は、本当に詐欺師の素質があるのね。訪ねてきた人はまず間違いなく、あなたの信者になってしまう。けど、先生。来客がもし、小型液晶テレビでも持ってきてたらどうするの？」

「そりゃ、わたしの主張が正しいと思うだけのことよ」

「ああ、そう……。厳島先生のその余裕は、液晶テレビに対しても対処済みって感じね。たぶん、携帯と同じくここではテレビの電波も入らないんでしょうね。どれだけ怪しまれても、証拠を握られない限りは逃げられる、か。いいお歳になられて、そんな欺瞞《ぎまん》に満ちた人生をお送りになられて、疲れない？」

「侮辱はそれぐらいにしてちょうだい。うちには使用人だけじゃなく、顧問弁護士もいるのよ。あなたみたいにしつこい女には、法的に対処して……」

「ご心配なく。厳島先生、ワンセグって知ってる？」

咲子は口をつぐんだ。

表情はまだ硬くはならない。意味がわからず、途方に暮れた。そんな顔をしている。

美由紀は携帯のボタンを押した。「デジタル放送の移動端末向けワンセグメント部分受信サービスってね、携帯電話の電波とはまるっきり別なの。だからジャミングで圏外になってても、入るのよ」

巨人・中日戦の鮮明な映像のうつった携帯電話を、美由紀は叩《たた》きつけるようにデスクに置いた。

香苗は愕然《がくぜん》とした顔で、その液晶画面と壁のテレビ画面とを、かわるがわる見比べた。咲子の顔面も、たちまち蒼白《そうはく》になった。怯《おび》えきった顔で、身体を痙攣《けいれん》させたように震わせている。いまにも泡を吹いて倒れそうだ。

壁のテレビの実況は、ピッチャー交代を告げている。中日の久本投手がマウンドにあがり、投球練習している。

だが携帯電話の液晶に映った中継は、久本がすでに第一球を投げ、二岡からストライクを奪っていた。

視線の動きで、どこを見ていたかはわかっている。美由紀はデスクの表面を覆うアクリル板を引きはがした。

半透明のそのアクリル板は、向こう側に光さえなければ真っ黒に見える。香苗や美由紀の側からは違和感なく見えたが、咲子の側にのみ向けられた光源が潜んでいた。斜め上方に向けたモニターテレビが、刳《く》り貫《ぬ》かれたデスクのなかに存在していた。

時間が静止したような沈黙が流れた。

やがて、香苗が涙を流しながら、ささやくようにいった。「厳島先生……」

「こ……」咲子は陸にあげられた魚のように、酸欠のごとく咳《せ》きこみながらいった。「こんなの……い、陰謀よ……なんで……わたしが……こんなの……」

美由紀は香苗の肩に手をかけた。「いきましょ」

しばらくのあいだ、香苗は呆然《ぼうぜん》とした面持ちのまま静止していた。虹彩《こうさい》が、わずかに明暗の色あいを変える。

香苗は美由紀をじっと見かえした。やがて小さくうなずいてから、美由紀に抱きついて泣きだした。声を殺して泣きつづけていた。

視界

夜九時すぎ、美由紀は香苗を父のマンションに送り届けた。香苗がそう希望したからだった。

階段を昇りながら、美由紀は香苗にきいた。「だいじょうぶ?」

香苗はこぼれおちる涙をしきりに拭《ぬぐ》いながらつぶやいた。「うん。……だんだん冷静になってきた。わたしって、馬鹿みたい……」

「自分を責めないで。誰だって理性的でいられないときもあるの。そんなときを狙って、心の隙を突いてくる奴らがいるから、気をつけて」

「そうね……。いまはよくわかる。ようやくいまになって……。美由紀さんが来てくれなかったら、わたし……」

美由紀は思わずふっと笑った。「ようやく言ってくれた」

「なにを?」

いから」

「岬先生じゃなく、美由紀さんって。わたし、先生って呼ばれるのは仕事関係だけにしたいから」

「でも、わたしのことも仕事でしょう？」

「いいえ。あなたは友達よ。一緒に海外旅行までしたんだから」

やや面食らったようすの香苗は、瞳《ひとみ》を潤ませながらも微笑を浮かべた。「ありがとう、美由紀さん……」

「ねえ、香苗さん」美由紀は三階の廊下に歩を進めながらいった。「このマンションの間取りって、ぜんぶ同じなのかな？」

「たぶん違うと思う。わたしが高校に入ったころ、お父さんがお母さん宛に手紙を送ってきて、このマンションに空き室ができたから引っ越してこないかって書いてあったの。パンフレットが入ってて、全室の間取りがあったんだけど、1LDKとか3DKとか広さもまちまちで、間取りも内装もぜんぜん違ってた……」

「そう……。香苗さんの記憶では、暴行を受けたのはやはりお父さんの部屋？」

「わからない……。だけど、思いだそうとすると、そうとしか思えないの」

「このマンションって、扉がふたつずつ隣接してるのね。301と302の扉がくっついてて、303と304もそうなってる」

「ガスとか給水器の関係で……ふた部屋ごとにその設備をはさんでキッチンを隣接させてるから、じゃないかな」

「ええ。よくある設計よね。ちょうど間取りを反転させたタイプの部屋と隣りあわせている」

美由紀は306の前で足をとめた。呼び鈴を押して、そのまま待つ。

だが、しばらく経っても返事はなかった。もういちど呼び鈴を押したが、反応はない。

「おかしいな。待っててくれるように言ったのに」美由紀はドアノブに手を伸ばした。

意外なことに、鍵《かぎ》がかかっていなかった。ドアはそろそろと開いた。

なかに足を踏みいれる。

靴脱ぎ場の向こうは四畳ほどの板張りのホールで、壁には収納棚と全身鏡が設置してある。奥のドアは開いていて、ダイニングルームが見える。

そのとき、美由紀は香苗の異変に気づいた。

香苗は顔を真っ青にして、身を震わせていた。

「どうしたの、香苗さん?」

「ここ……。わたしが襲われたのは、やっぱりここよ……。覚えがあるもの……」

どういうことだろう。美由紀は困惑した。香苗がふたしかな記憶に翻弄《ほんろう》されているようには、どうも思えない。被害に遭った現場についてははっきりと覚えているようだ。

しかし、あの父親が暴行を働いたなんて、とても信じられない。

父の雄一はどこにいったのだろう。美由紀は奥をたしかめようと靴を脱ごうとした。

と、なにかを壁に打ちつけたような、どしんという音が響きわたった。

かすかに叫び声が聞こえた。男の声だ。助けてくれ、そういっている。この建物のなかだ。

香苗も声を聞いたらしい、びくついたようすで顔をあげた。

耳を澄ましたとき、美由紀は物音がすぐ近くから響いてくるのを感じた。

「隣ね」美由紀は扉から通路に駆けだした。

305の表札には、座間塚《ざまづか》とあった。

呼び鈴を鳴らし、扉を叩く。返事はないが、男の泣き叫ぶような声が聞こえてくる。

ノブをひねると、ここも施錠されてはいなかった。美由紀は扉を開け放ってなかに踏みいった。

美由紀は愕然として立ちつくした。

靴脱ぎ場の向こうのホールで、五十半ばとおぼしき頭髪の薄い小太りの男が、壁に押しつけられている。喉《のど》もとには包丁を突きつけられていた。

その男を押さえこんでいるのは、ほかならぬ水落雄一だった。

「お父さん!?」香苗の声が、美由紀の背後から飛んだ。

水落はこちらを向いた。その顔が呆然としたものになる。

「香苗……」

「お父さん……。これいったい、どういうこと？　やっぱりお父さんが……」

胸ぐらをつかんでいた水落の手の握力が緩んだのか、小太りの男はそこから逃れた。床に尻餅《しりもち》をつき、必死の形相で後ずさった。

美由紀のなかにたちどころに、ひとつの臆測《おくそく》が浮かんだ。そしてその直後、まぎれもない真実であるとの確証を得た。

父親に抗議をしかけた香苗に片手をあげて、それを制した。美由紀はいった。「香苗さん。……あなたが暴行を受けたのは、この部屋だわ。見て」

指差したほうを香苗は見つめて、衝撃を受けたように目を丸く見開いた。

「鏡……」と香苗はつぶやいた。

「そう。306と同じく全身鏡が備えつけてある。あなたは暴行を受けたときのようすを、まるで傍観者のように外から見ていたかのように記憶してるって、そういってた。離人症性障害じゃなかったのよ。あなたはあの鏡を見てた。だから間取りも左右逆に記憶した

「……」

香苗は唖然《あぜん》とした表情で、父親を、そして、怯《おび》えて小さくなった男を眺めた。

「その人」美由紀はきいた。「この部屋の住人ね？　座間塚さんっていうの？」

水落雄一が硬い顔でうなずいた。「そうとも……。さっき、きみに話を聞いてから、思い浮かんだんだ。このマンションで私のほかにひとりだけ、ずっと独身生活を送っている奴がいる。私より前から入居してて、いちど女性のストーカー行為で逮捕され、不起訴処分になった奴。隣に住んでるこの男だ」

「嘘だ。誤解だよ」座間塚は腰が抜けたのか立ちあがることもなく、震える声で告げた。

「俺はなにもしてない。いきなりこの男が、包丁を持って押し入ってきて……」

「ふざけるな！」水落が怒鳴った。「おまえは罪を認めた。娘が四歳のころ、ここに連れこんで暴行した。そう言ったじゃねえか！」

悲痛な表情を浮かべた香苗を気遣いながら、美由紀は土足のままホールに踏みいった。

「座間塚さん」美由紀は小太りの男を見おろした。「悪いんだけど、きょうは嘘つきに会うのはふたりめなの。前の人も、あなたと同じような顔をしてた。わたしの目はごまかせない」

「なんだと……？　あんた、誰なんだ？」

「岬美由紀」

「み、岬……？　すると、あの……千里眼？」

「そういうことよ」

座間塚は目を白黒させていたが、緊張と恐怖が峠を越えたのか、居直りの気配を漂わせてきた。

まだ臆病《おくびょう》そうに口もとを震わせているが、無理に微笑を取り繕おうとしている。

「へっ……。いまさら、どうなるもんでもないよ。どうするんだ？　訴えるのか？　とっくに時効だぜ？　娘さんの名前もなにもかも晒《さら》されて、新聞記事になっていいのか？　嫁の貰《もら》い手がなくなるぞ」

水落が怒りのいろを浮かべ、包丁をかざした。「この……」

だが、美由紀はその水落の手首を握った。水落は目を剝《む》いて、美由紀を振りかえった。

暴力はいけない。美由紀は水落に目で訴えた。

やがて水落の顔に翳《かげ》がさした。腕を下ろし、包丁を床に投げだした。

ふん、と座間塚が鼻を鳴らした。

美由紀はつかつかと座間塚に近づき、ひざまずいてその顔をのぞきこんだ。

「いい？　いちどしか言わないから、よく聞いて。あなたはいま、右肩と左ひざに痛みを覚えている。絞めあげられたせいで、顎《あご》も痺《しび》れてるわね。それとさっきから、階下の人が騒ぎに気づいて通報してくれないかと、しきりに聞き耳を立ててる」

「あ……。ど、どうしてそれを……」

「わたしにはわかるの。あなたがどんな嘘をついて、どんな謀《はかりごと》をしようと、ぜんぶ見通せる。警察からは逃げおおせても、わたしは欺けない」

「そ……それで……俺にどうしろと」

「簡単よ。出てって。日が昇る前に、いなくなってくれる？　あなたにとって不利なことをわたしに見破られなくする方法はただひとつ。わたしの視界から消えることよ」

座間塚はひきつった顔に涙を浮かべ、鼻水と涎《よだれ》を垂らしていた。なにか喋《しゃべ》ろうとしているようだが、緊張のせいか、しゃっくりを繰りかえすばかりだった。

美由紀は包丁を廊下に蹴《け》りだすと、水落をうながして、扉の外に歩を進めた。

廊下で、父と娘は見つめあった。長いこと、互いの顔を眺めていた。

やがて、香苗が泣きながらつぶやいた。「お父さん……」

水落は香苗をそっと抱き寄せた。香苗は、父の胸で震えながら泣いた。

「香苗」水落が静かにいった。「お母さんの話をしよう」

娘の顔がゆっくりと上がる。父を見あげて、小さくうなずいた。

美由紀は静かにいった。「おふたりとも、きょうはわたしのマンションの部屋で休んで。ここにいたんじゃ、お隣が気になるだろうから……」

しばしの沈黙のあと、水落がささやくように告げた。「いろいろと世話になりました……。あなたがいたから、娘は……」

「いいえ。……お父さんがいてくれたから。香苗さんにとっては、それがいちばんの幸せのはずです」

亡き父の思い出が、美由紀の胸に去来した。美由紀は安堵《あんど》のため息とともに、自分の気持ちを少しずつ落ち着かせていった。

よかった。またひとつ、この世から苦悩を消すことができた。

三か月後

八月六日、静岡市民文化会館、セブン・エレメンツのコンサート当日。午後三時半。天候は最悪だった。

美由紀は猛烈な雨と風のなか、傘を飛ばされまいと必死で柄にしがみつきながら、駐車場からホールのエントランスへの道を歩いていった。

並んで歩く由愛香の備えは万全で、全身をレインコートですっぽりと覆い、靴も耐水性のブーツを履いていた。

もうひとりの連れ、雪村藍のほうはずっと苦労を強いられているようだった。

小さな折りたたみ傘しか持っていなかったせいで、きれいにセットしてあった髪も洒落《しゃれ》た服もびしょ濡《ぬ》れになっていた。足もとも厚底サンダルのせいで、凹凸のある石畳ではひどく歩きにくそうだ。

「あーもう」藍は大声を張りあげた。「最悪。なんでこの日に限って台風なの」

由愛香がいった。「しかもよりによって、ここ五年で最強の台風だって。超大型、風速が毎秒十五メートル以上の暴風域が半径九百六十キロ。中心付近の最大風速が毎秒八十七メートル。まるでハリケーンね」

「やっぱり」美由紀はため息まじりにつぶやいた。「中止じゃないの？」

「とんでもない。屋外やドーム球場なら強風も危険かもしれないけど、頑強な建造物の屋内でコンサートやるってのに、なんで中止になるの？」

「でも、なんだか人の集まりがまばらだよ？　交通機関もあちこち麻痺《まひ》してるみたいだし、お客さんが来れなきゃやる意味もないでしょ」

「ラッキーじゃない。ほとんど貸しきり状態」

「だから、そんな状況なら延期になるわよ。電話でたしかめたほうがよかったんじゃない？」

「あいにく朝からつながらないの。行けばわかるって。美由紀もさ、このところずっと休みなかったんでしょ？　楽しまなきゃ損よ」

「それはそうだけど……」

「ここまで来たんだから、また急用が入ったとかで姿を消すのは無しよ。例の子、香苗さんだっけ？　順調に回復してんでしょ？」

「うん。PTSDじゃなくて、気分障害であることもはっきりしたしね……。慣れない都会の独り暮らしで、抑うつ気分を伴う適応障害に陥ってた。父親とうまくいっていないことも間接的なストレス要因だったみたいだし。認知療法で人生の無力感や絶望感を修正して、将来について正しい捉《とら》え方ができるようにした。あともう少しかな」

「三か月で回復ってすごくない？　藍も手を洗いたがる癖、治してもらえばいいのに」

藍は黙りこくって、伏し目がちに歩きつづけた。

「あ……ごめん」由愛香は失言に気づいたらしい。「ちょっと調子に乗りすぎちゃって……」

「いいの」と藍が笑っていった。「治したいとは思ってるんだけどさ、そんなに生活に支障もないし、いつも清潔にしてるだけだから、別にいいかなと思って」

美由紀は複雑な気分だった。

本人は辛《つら》さを感じている場合が多いのに、その本人が申し出をしてくれないせいで、助けることができない。カウンセリングの場にそういう状況は頻繁にある。たとえ友人であっても無理強いはできない。

「美由紀さん」藍は話題を変えたがっているらしく、美由紀についてたずねてきた。「浜松への出張は、きょうはいいの？」

「ええ。先月までは一日おきに行くことになってたんだけど、いまは三日にいちどでいいの」

「それもカウンセリングとか？」

「まあ……仕事だし」

ふうん、と由愛香が美由紀を見た。「千里眼の女がわざわざ浜松まで出張するなんて。よっぽどの大物？　症状はうなぎの食べすぎとか？」

「そういうんじゃないって。いろいろ複雑な事情なの」

あの島からの帰還直後には防衛省も神経を尖《とが》らせていたが、危機の兆候が感じられない状況がつづくうちに、しだいに当初の警戒心も薄らぎつつある。

防空において自衛隊と在日米軍が高いレベルでの警戒態勢を維持する一方で、防衛省の上層部が危機感を薄めているのには理由がある。やはり美由紀が指摘したように、敵の戦略の動機が曖昧《あいまい》としか思えないからだった。

海外の製造業の株が買い占められた件の後遺症はまだ市場に色濃く残っているが、それとたった一発のトマホークは結びつきにくいというのが、有識者たちの共通した意見だったらしい。

したがって、最近の日本政府は両者を別個の問題とみなし、経済産業省と防衛省にそれぞれ分担して調査と警戒に当たらせている。

政府の金利政策によって市場はなんとか機能を失わずに維持されているし、防衛省のほうも、美由紀の伝えた情報に基づいてパトロールや監視の要綱をまとめ、実践している。

ベルデンニコフ一家の狙いはどこにあったのだろう。

危機感は減少しても、実際に見えないミサイルが飛来する可能性は消えてはいない。探知されることも視認されることもなく、本土を直撃するミサイル。依然として存在しつづけるその脅威を払拭《ふっしょく》するためにも、動機が知りたい。なにを破壊することを目的としているのか。

長い階段を上ってホールのエントランス付近まで来ると、まばらな人影のなかで、年配の警備員がメガホンで告げている。「本日のセブン・エレメンツのコンサートは、悪天候により順延となりました。払い戻しをご希望のかたは、チケットの裏にある運営事務局の電話番号まで……」

「ほら」藍がふくれっ面を由愛香に向けた。「やっぱ中止じゃん」

由愛香はレインコートのフードを取り払い、頭をかきむしった。「まったく……。よりによってこんな日のチケットだからいけないのよ」

「わたしが悪いっていうの？　それちょっとひどくない、由愛香さん？」

「オークションの落札費用を肩代わりにしたのはわたしでしょ。それとも何？　あなたが耳を揃えて払ってくれるの？　コーヒー代やパフェ代と一緒に」

「また始まった。銭の亡者。儲《もう》けてるくせにドケチ。脱税でもしてんじゃないの？」

「相手を見てものを言いな、この……」

「やめてよ」美由紀は仲裁に入った。「それより、いつに順延になるのか、聞いたほうがいいわよ」

「そうね」由愛香はつかつかと歩きだした。「文句のひとことも言ってやんなきゃね」

「由愛香……」

「ちょっとすみません」由愛香が警備員に話しかけた。「このていどの天気で中止ってどういうことですか」

老齢の警備員が眉《まゆ》をひそめた。「このていど？　馬鹿なことを言わんでください。静岡は暴風雨圏内ですよ。どこか建物のなかに入られたほうがいいですよ」

「だから、コンサート会場を開けてくれれば……」

そのとき、大きな鉄製の看板が宙を舞い、広場に転がった。周囲の人々が逃げ惑っている。

「見なさい」警備員がまくしたてた。「さっきニュースで、台風の中心は間もなく御前崎《おまえざき》市の上空に差し掛かるといってました。停電や洪水、土砂崩れも各地で発生しているんですよ。コンサートなんかやってる場合じゃないでしょう。さあ、早く退避してください」

由愛香が食いさがった。「そのまま通過していったら夜には晴れるんじゃないの？　開始時刻を遅らせるだけでいいのに」

「速度がそんなに速くないから、待っても無駄ですよ。けさ五時半には三重県の真珠湾あたりだったし……」

美由紀は、頭を殴られたような衝撃を受けた。

「なんですって！」美由紀は警備員に詰め寄った。「いま、なんて言ったの？」

「いや……その、だから、台風はけさ早くには真珠湾に……」

「真珠湾って……」

「ああ、ええと、最近じゃ英虞《あご》湾っていうんだったな。私らの若いころには真珠湾って呼んでた。真珠養殖の発祥の地なのでね。志摩半島の南ですよ。最近はあの辺りじゃ、養殖といえば青海苔《あおのり》ぐらいのもんで……」

動悸《どうき》が速まり、鼓動が耳のなかに響いてくるようだった。美由紀はとてつもなく大きな衝撃を受けたあと、脳震盪《のうしんとう》でも起こしたかのようなめまいを覚えていた。

そして、いくつもの浮かびあがった断片が、パズルのようにつながってひとつの形をなしはじめる。

台風の中心が間もなく御前崎市上空……。

ベルデンニコフの狙いはこれだったのだ。三か月ものあいだ動きがなかったのは、自然の天候がチャンスをつくるのを待っていたからだ。

一刻一秒を争う。そう思ったときにはもう、美由紀は身を翻して駐車場へと駆けだしていた。

「美由紀！」由愛香の声が聞こえる。「待ってよ。どこいくの!?」

あいにく、友達を連れて行ける状況ではない。美由紀はひたすら疾走した。間にあわないかぎり、失われるのはコンサートどころのものではない。すべてが消滅してしまう。この国の生きとし生けるもの、すべてが。

訪問者

ベルデンニコフ一家に代々伝わるナホトカの屋敷は、ベレゾフスキー・ベルデンニコフの代になって大規模な改装が施された。

古臭いソビエト時代の名残りに満ちたモダニズム様式などうんざりだとベルデンニコフは思った。黒一色に統一された内装に、シンプルで機能的なハイテクの装置を随所に埋めこむ。来客は外の伝統的な街並みからこの邸内に足を踏みいれ、目を見張る。この心理的効果があればこそ、商談はまとまる。マフィアも頭を使う時代だ。

ところが、きょうやってきた訪問客は、そのような反応などいっさいしめさなかった。面食らったのはむしろベルデンニコフのほうだった。

黒スーツ姿の部下たちの案内でホールに通されてきたのは、西欧のファッション雑誌のグラビアのごとく派手な身なりをした、金髪の女だった。

年齢は三十半ばと思われるが、抜群のスタイルのよさと完璧《かんぺき》なメイクのせいでずっと若くみえる。

　喪服のような黒のドレスにつば広の帽子を斜めにかぶり、うすいベールで顔をわずかに隠していた。身体のそこかしこを彩る宝石は光源でも内蔵しているかのように光り輝いている。

「はじめまして、ベレゾフスキー」ジェニファー・レインはにこりともせずにいった。「いよいよ計画実行ね。スポンサー代表として楽しませてもらうわ」

　グルジア訛《なま》りの言葉、見下した態度。なにもかもが気に障る。莫大《ばくだい》な資金の提供さえなければ、この女に頭をさげることなどありえない。

　それでも、いまは自制が必要だった。ベルデンニコフはいった。「ようこそ。おくつろぎになって楽しんでください。極東のちっぽけな島国が歴史から消え去る瞬間をね」

「その前に、念のために確認したい事項があるの。今度の計画はメフィスト・コンサルティング・グループの承認と後援を取りつけて、小社マインドシーク・コーポレーションが資金を集め、実際の遂行はあなたたちベルデンニコフ一家にまかせた。わたしたちが資本家、あなたたちは労働者。そこのところ、理解していただいてるかしら」

「……まあ、契約ですからな」

「そう。契約。世の中にはどうして契約書ってものがあるのかしら。それは約束を守らない、裏切りという行為が起こりうるからよ。もし計画が失敗した場合、多大な出資の損失については、あなたの所有する権利のすべてをいただくことで補塡《ほてん》させていただく。あなたの表の顔である造船会社の収益、マフィアとしてのあらゆる利益、この邸宅、資産。すべて吸収させていただくから、そのおつもりで」

「お互いさまですよ。あなたがたも、成功のあかつきにはわれわれに相応の報酬を分配することをお忘れなく」

「よろしくて、ベレゾフスキー？　あなたは計画実行の前に果たすべき義務のすべてを、果たし終えてないと思うんだけど」

「はて。なんのことですかな」

「小社は計画の安全確認のために、あらゆる角度からの検証とシミュレーションをお願いした。その最後のデータについてはまだ拝見してないけど」

「ああ、あれですか……。お伝えしたように、ファントム・クォーターでの実験で、インヴィジブル・インベストメントの存在を看破した者は三名。うち二名は不正があきらかになったため、正確な合格者は一名のみです。透視能力者として名高い七十九人のなかでも、発見できたのは一名のみです。あなたがたの危険予測では二名以上なら計画中止というご判断だったはずですな？　安全は充分に立証されたと思いますが」

「その三名だけど。きちんと始末した？」

「そこは……」ベルデンニコフは口ごもった。「不正を働いた二名のうち一名は始末したのですが、残りの一名と、本来の合格者一名については……」

「生きたまま帰したっていうの？」

「もちろん消そうとしました。が、部下が取り逃がしまして……」

ベルデンニコフはボブロフを見た。頭に包帯を巻いた巨漢のボブロフは、気まずそうに視線を逸《そ》らした。

ジェニファーもちらとボブロフを見てから、またベルデンニコフに目を戻した。「秘密を知る者がふたりも野放しになっているのね」

「フランス人の若者と日本人の小娘です。それぞれが祖国で騒ぎ立てたところで、まともに取り合ってくれる者は皆無でしょう」

「データを見せて」

しつこい女だ。こちらの粗を探して、計画後に分配する報酬を減額しようと狙っているのかもしれない。あいにく、月並みな脅しに屈するようなベルデンニコフ一家ではない。

「資料を持って来い」とベルデンニコフは部下に命じた。

プリントアウトされた書類の束が運ばれてくる。ベルデンニコフはそれをジェニファーに手渡した。「合格者がインヴィジブル・インベストメントの存在に気づいた経緯からも、発見がきわめて困難であることがお分かりいただけるでしょう」

だが、書類に目を落としたジェニファーの表情は和らぐどころか、眉間《みけん》に深い縦じわが刻まれた。

「……岬……美由紀？」

「千里眼の女と呼ばれてるということだったので、いちおうリストに加えておいたんです。元幹部自衛官だからか、フレキシブル・ペリスコープの噂は事前に聞き及んでいたようで……」

そのとき、ジェニファーがいきなり書類をベルデンニコフに投げつけた。

周囲の部下たちが身構え、邸内に緊張が走る。ベルデンニコフの頬にわずかな痛みを残し、紙はばさばさと床に落ちた。

ジェニファーは冷ややかな顔でいった。「計画が水泡に帰したら、すべてはあなたのせい。それを充分に含み置いておくことね」

それだけいうとジェニファーは背を向け、ホールに歩を進めていった。

初めて訪れたはずの邸内で、計画の進行を映しだす巨大なプロジェクター・スクリーンの位置もなぜか把握しているらしく、最も見やすいソファに腰をおろしている。

「ボブロフ」ベルデンニコフは部下を呼びつけ、小声でささやいた。「万が一、あの女に有利なことになったら……迷わずに消せ」

計画に失敗はない。だが、もし結果がそうならなくとも、俺のシマで勝手な真似はさせん。資本主義社会の常識がここでは通用しないことを思い知るがいい。ベルデンニコフは激しい憤りを抑えながら、心のなかで罵《ののし》った。売女《ばいた》め。

一発必中

猛烈な豪雨と強風のなかを、美由紀はメルセデスのステアリングを切って駆け抜けた。秋葉街道から三二一号線に乗りいれ、徐行状態のクルマを次々と追い抜きながら突進する。

ワイパーはほとんど役目を果たしていない。最速にしても、フロントガラスは滝のように流れおちる雨で波打ち、視界を揺るがせつづけている。

カーラジオに耳を傾ける。アナウンサーの声が告げていた。引き続きお伝えします。超大型で、猛烈な台風十一号は現在、愛知県の渥美《あつみ》半島上空から静岡県の遠州灘《なだ》方面に向かっていて、しだいに速度をあげながら東北東に進路をとっています。午後六時には、御前崎市から駿河《するが》湾に達する見込みです。

ダッシュボードの時刻表示に目を走らせる。もう五時をまわっている。猶予はほとんどない。

基地のゲートに差し掛かった。レインコートを着た隊員が正門受付からでてくる。

美由紀は窓を開けて臨時教官の身分証を提示し、隊員に怒鳴った。「急ぐの。すぐに開けて」

隊員は戸惑ったようすだったが、すぐに受付にとって返した。

遮断機があがる。美由紀はアクセルを吹かして基地内にまっすぐに伸びる道路を直進していった。

滑走路から離着陸の音は聞こえない。この天候ではそれも仕方がない。ベルデンニコフはなにもかも計算済みだった。これだけの規模の台風が、この進路をとるまで、何か月だろうと根気づよく待つつもりだったのだろう。

三百十四万平方メートルの敷地を無駄に駆けまわっている暇はない。美由紀は知り合いがいそうな高射教導隊の宿舎方面に向かった。

宿舎の前に数台のトラックが停車していて、隊員たちが荷の積み下ろし作業をしている。

美由紀はそこに横付けするかたちでメルセデスを停め、どしゃ降りの雨のなかに降り立った。

「岬教官」声をかけてきたのは、顔なじみの岩下三等空尉だった。「どうされたんですか。きょうは講習の予定はないでしょう?」

「それどころじゃないの。航空総隊司令部と連絡がとれる？　広門空将は……」

「防衛省で会議のようですよ。さきほど各方面隊に伝えられました。台風が去った地域から、陸自の救難活動の支援と周辺空域のパトロールの強化に努めるようにと……」

「去ってからじゃ遅いのよ。すぐに迎撃戦闘機を離陸させる必要があるの。それも静岡上空に」

「F15をですか？　いま暴風域はほぼ日本列島を覆い尽くしている状況ですよ。台風の規模も戦後最大クラスかもしれないといわれてますし、離陸に応じてくれる部隊がいるとは……」

「その台風が来てるから危険なの！　見えないミサイルについては教えたでしょう？　敵の狙いは台風の中心が御前崎市に差し掛かったころに、浜岡原発をトマホークで破壊することなのよ！」

　岩下は表情を固くした。「原発……」

「ええ。日本列島のちょうど中央に位置していて、百六十万平方メートルの敷地に沸騰水型の原子炉圧力容器を五基備えてる。巡航ミサイルの核弾頭は軽量小型でも、この原発に直撃すれば水爆並みの六十メガトンの核爆発が起きる。広島の三千倍以上の威力なのよ。中部から関東、近畿までがほぼ消滅する。さらに台風が列島全土に死の灰を撒《ま》き散らし、北海道から九州までの工業都市すべてを放射能汚染してしまう」

「そんな馬鹿な。ミサイルの接近をとらえたら、総理官邸の危機管理センターからのリモート操作で、原発は即座に稼動を停止して……」

「見えないミサイルだって言ってるでしょう。防空網はすべて擦り抜けられてしまうの。命中してきのこ雲があがらない限り、誰も飛来したことに気づかないのよ。すぐに原発の稼動を停めないと……」

「ただちに連絡します」

「どれくらいかかるの?」

「まず基地の上層部の判断を仰ぎ、そこから入間《いるま》の中部航空方面隊司令部へ、さらに府中の航空総隊司令部、防衛省長官から閣僚会議へ……」

「そんなに待てるわけないでしょ! 迎撃戦闘機を飛ばせないのならペトリオットでの迎撃態勢を整えるべきだわ。万が一にでも視認できた場合に撃墜を……」

「巡航ミサイルの接近に対処できる改良済みのペトリオットは、この周辺には配備されてません。海自のイージス艦も、この大荒れの海では自由に航行できないでしょう」

あらゆる事態を想定済みか。美由紀は豪雨のなかで頭をかきむしった。

ふと視線が、トラックから荷下ろしされた緑いろの木箱にとまった。側面に型番が記載されている。

美由紀はそこに近づいていった。長さ百六十センチ、幅と高さは二十センチほどの直方体。ゴルフバッグとほぼ同じ大きさだった。これならクルマに積める。

持ちあげようとすると、ずしりとした重さを両手に感じる。歯を食いしばってそれを保持し、メルセデスへと向かっていった。

「ちょっと」岩下があわてたようすで呼びかけた。「岬教官。どうされるつもりですか」

「ドライブのお供に借りるわね」

「そんな、困りますよ。無許可で装備を基地から持ちだすなんて……」

「わたしの責任でやることよ。査問会議も説教も慣れてるから平気。それから除隊も経験済み」

トランクに木箱を放りこむと、すかさず運転席に乗りこんでエンジンをかけた。

「岬教官！」岩下がクルマの前に飛びだしてきた。「駄目です。降りてください！」

だが美由紀はクルマを急速にバックさせて逃れると、ステアリングを切って後輪を滑らせてターンした。

アクセルを踏みこんで加速する。複数の隊員たちが走って追ってくるのが、ルームミラーに映っていた。

正門が迫る。遮断機は降りていたが、美由紀はかまわず突っこんでいった。鋭く弾《はじ》ける音とともに遮断機を跳ね飛ばし、三二一号線を全速力で東に突っ切る。

ここで敗北などしない。美由紀はその思いを胸にきざみこんだ。この国には、人の数と同じだけの人生と、未来と、希望がある。断じて失わせはしない。百発百中ではなく一発必中、ベルデンニコフはそういった。ならば、こちらも同じ条件で返り討ちにするまでのことだ。

賭け

ジェニファー・レインはソファにおさまり、プロジェクター・スクリーンを眺めていた。テーブルの上に並んだキャビアやシャンパンに手をつけるつもりはない。こういう場所で食べ物を口に運ぶなど自殺行為に等しい。事実、ホールに十七人いるベルデンニコフの手下は全員、スーツの下に銃をしのばせているのがわかる。

臆病者《おくびょう》の集まりだ。こちらと対等な関係を築いているなど、とんでもない思い違いにすぎない。こいつらは犬だ。犬の餌にありつく趣味はない。

いかにもエンジニアらしい紺のスーツの男が、気取ったしぐさで近寄ってきた。「間もなく発射です。スクリーンの表示についてご説明申しあげます。画面は三分割され、メインの映像はトマホークの弾頭に搭載したカメラの映像です。右は衛星から送られてくるミサイルの位置情報、左はTERCOMといって……」

「電波高度計から得た高度情報を、あらかじめインプットされたレーダー地図と照合しながら、計画どおりの飛行ルートにミサイルを誘導させる。経路上に点在する中継点にさしかかると、その都度画面に表示が出て、新しい高度と方位を伝える。ほかになにか、補足することでもあるの？」

「いえ……結構です。それでは、間もなく台風の中心が浜岡原発付近に達します。あと十分少々で発射を……」

「ただちに発射して」

「……ベルデンニコフ氏のご依頼により、日本時間で午後六時きっかりに原発に着弾するよう計算しておりまして……」

「台風の速度を考えれば、十分間の違いはさほど効果に影響を及ぼさないわ。さっさと発射するのよ」

エンジニアは困惑ぎみにベルデンニコフを見た。

ベルデンニコフが拒絶の意志をしめしていることをジェニファーは視界の端にとらえたが、無視をきめこんだ。この場のボスは彼ではない。わたしだ。

「了解しました」エンジニアは無線機を取りだして告げた。「太陽《ソーンツェ》から月《ルナー》へ。トマホーク、ただちに発射せよ」

激しいノイズの向こうで応じる声がする。「了解。トマホーク発射します」

数秒の沈黙のあと、スクリーンの画像が激しく揺れた。

暗闇から海面に迫り、しぶきをあげて空に舞いあがる、ミサイルの弾頭がとらえた映像がうつしだされる。

厚い雲に覆われた空、激しい雨が降りしきる。稲光が瞬くなかを、ミサイルは水平飛行に移り、海面をかすめ飛んでいく。左手には陸地がみえていた。景色は奥から手前へと、吸いこまれるように流れていく。

エンジニアは得意げにつぶやいた。「志摩半島の海中から発射されたトマホークが御前崎の浜岡原発を直撃するまで、ほんの七分十四秒の空の旅です。たっぷりとお楽しみください」

標的

午後五時五十分。台風の中心はすぐにでも御前崎上空に差し掛かるはずだ。

美由紀は浜松から五十キロを走破し、大荒れの遠州灘沿いに走る国道一五〇号線を全速力で駆け抜けていった。

高波は崖《がけ》を垂直に跳ねあがり、車道にも降りかかってくる。

この道が閉鎖される前にたどり着けてよかった。トマホークが三重県の志摩半島南端から発射されることを考慮すれば、迎え撃つ場所はこの道路沿いをおいてほかにない。

道路は遠州灘沿いにほぼまっすぐ東に走っていた。夏場だが、この天候では観光客用の施設はどこも閉まっている。

ふだんならこの時刻にはまだ空は明るいが、いまはどんよりと厚い雲に覆われ、薄暗かった。

右手に巨大な立方体の建造物がいくつも連なっている。低く流れる雲に煙突の先端は見えなくなっていた。鉄塔も同様だった。

あれが浜岡原発だ。さすがに規模の大きな施設だった。

むろんベルデンニコフらは、百六十万平方メートルの敷地内のどこにトマホークを命中させれば最も効果的であるかを、入念にシミュレーションしていることだろう。炉の格納容器かもしないし、発電機、タービンの可能性もありうる。

いずれにしても、ミサイルが飛来するのは西の空だ。この原発の手前に待機することが望ましい。

美由紀はUターンをして、原発施設が後方に見えるまで引き返した。

行く手は海水浴が可能な砂浜だった。むろん観光客はいないが、驚いたことに海の家は開いていた。のぼりは今にも飛ばされそうなほど強風にはためいている。

遠州灘を一望できる場所。ここしかないと美由紀は思った。砂浜にクルマを乗りいれ、海の家の脇で停車する。

車外に降り立つ。すさまじく降りつける雨と、吹きすさぶ風、高波は防波堤で弾《はじ》けて空高く舞いあがっていた。

そんななかで、海の家から声がきこえてきた。従業員らしきふたりの男が言い争いをしながら、店頭の片付けに追われている。

「このトタン板、もっとちゃんと打ちつけておかねえと飛ばされるぞ」

「うるせえ。いまさらやってられっか。紐《ひも》でくくりつけときゃ充分だ。あと、マグロとサザエの箱は高いところに上げとけ。浸水したら困る」

「こんな日に海の家を開けるなんてどうかしてるぜ」

「おめえ、知らねえな。こういうときにゃ海水浴客ってのは旅館で暇を持て余してる。台風を見物したがる物好きが、クルマで海岸にやってくるんだよ」

「で、高波にさらわれるってか。誰も来やしねえよ」

「馬鹿いえ。見ろよ、お姉さんが来た。すげえクルマだな、あれベンツか」

美由紀はなにも聞いてはいなかった。薄暗い空と、霧のなかにわずかにみえる水平線を眺めていた。

ステルス・カバーが溶けこむには絶好の空だ。空中に歪《ひず》みのように見える反射には、期待できそうにない。

踵《きびす》をかえしてクルマに向かう。

つかつかと歩く美由紀に、海の家から声が飛んだ。「お姉さん。寄ってったらどう？　海もよく見えるよ。サザエのつぼ焼きもおいしいし」

リモコンキーを押してトランクを開ける。木箱の蓋《ふた》をずらすと、長さ百四十三センチ、直径八センチの黒ずんだ円筒が姿を現した。

東芝製、91式携帯式地対空誘導弾。略称は携ＳＡＭ。国産の携帯式地対空ミサイルだった。

円筒を取りだす。重かったのは木箱で、発射筒そのものは十キロていどの重量しかない。誘導弾は内部に封入されていて装塡《そうてん》の必要はなかった。そのほかの装備品をくっつけて、十七キロほどの重さになると記憶している。

外部電池を装着して電源を入れる。小型モニターを内蔵した赤外線誘導装置を取りつけ、可視光画像に切り替える。

できあがった携ＳＡＭをぐいと持ちあげた。

十七キロの重量は保持するのに困難ではないが、軽いわけでもない。長さがあるので重心を見極めるのが肝心だった。それを肩に掲げて、海のほうへと歩を進める。

「おい」海の家の男が叫んだ。「なんだありゃ」

「セーラー服と機関銃かよ」

「馬鹿。あれ、機関銃どころじゃねえって。もっとでけえし……」

美由紀は後ろを振りかえった。ついてきていたふたりの男は、びくついたように足をとめた。

「後ろに立つと危ないわよ」と美由紀はいった。

ふたりの男は顔を見合わせ、小走りに海の家に駆けていった。

荒れ狂う海を美由紀は見つめた。

台風の中心付近。風速と雲の動きから察するに、台風の目は洋上だろう。嵐が途絶えることはない。トマホークの飛来は、いましかない。

一発必中がベルデンニコフの作戦だった。いま、美由紀もその課題を背負っている。双方にチャンスはいちどきり。それも、敵側におおいに有利なゲームだった。

敵のターゲットは無防備かつ広大な地上の施設。

こちらの獲物は急速接近する見えない物体、全長六メートル弱、直径わずか五十センチ。

それでも、トマホークの速度は音速に達することはなく、攻撃に対して回避行動をとる機能もない。低空を飛行することからも、狙いすませばこの携ＳＡＭでも撃墜可能だ。

たとえ弾頭に命中させても、核爆発に至ることはない。核ミサイル兵器は起爆装置によって核反応を起こさない限り爆発しないからだ。

しばらく待つうちに、地鳴りのような音が響いてきた。雷鳴にも思えるが、これは違う。

低く断続的で、人工的な音の波動。

轟音《ごうおん》はしだいに高くなり、耳鳴りのようなキーンという響きを伴う。

美由紀はぼんやりと空を眺め渡した。

一点だけに集中してはいけない。能動的に探そうとしてもいけない。常に受動的であること。心を弛《し》緩《かん》させておくこと。それで本能的な心理作用は働く。

この絶えず雲がうごめく薄暗い空では、視覚の認知的不協和によって物体の存在に気づくことができるとは思えない。これが初めての出会いなら、発見することなど不可能だろう。

だが、わたしはいちど、あのステルス・カバーを目にしている。いちど見たものは記憶に残る。すなわち、もうひとつの心理作用で探索できる。

選択的注意。あのときと同じものが目に映ったら、即座に注意が引き起こされる。

いまがそのときだった。

西の空。

予想していたよりも若干左寄り、西南西、低空だった。海面すれすれを飛んでくる、不自然な雲の歪みを見た。たしかに見た。

それはほんの一瞬のことだった。〇・一秒にも満たない視認の直後には、安全装置を外し、携ＳＡＭで標的を真正面に狙いすました。誘導装置にはなにも映っていない、ロックオンの反応もない。

それでも美由紀は、捕捉《ほそく》した、そう感じた。

トリッガーにかけた指先に力をこめる瞬間、美由紀はつぶやいた。「それで見えないつもりなの？」

海面すれすれを亜音速で低空飛行し、彼方《かなた》に浜岡原発を捉《とら》えた。その目標がどんどん大きくなる。

スクリーンを見つめていたジェニファー・レインは、その瞬間、首を絞めあげられたような衝撃を受けた。

時間がまるで静止し、それからゆっくりと動きだす。視界に映ったものがスローモーションのように感じられる。

トマホークが海上から砂浜に入り、原発めがけて最後の突進に入る。その一瞬に映しだされたものは、嵐のなかにたたずむひとりの女の姿だった。

風に髪をたなびかせ、肩に掲げたスティンガー・ミサイルに似た武器でこちらを狙い澄ましている。

映像は、弾頭からまっすぐに前方をとらえたものだ。そして、女の目もこちらを直視していた。

岬美由紀……。

ジェニファーが鳥肌が立つのを覚えたとき、美由紀の口もとがなにかをつぶやいた。たしかに、なにかを告げた。

だが、その声はこちらに届かなかった。代わりに、円筒の発射機から飛びだした白煙が、みるみるうちにこちらに迫った。

直後に、スクリーンの映像は炎に包まれ、それからノイズが覆った。

位置情報からミサイルの姿は消え、すべての数値は表示を変えることなく停止した。

孤独

海上での至近距離の爆発は、太陽のようにまばゆい閃光《せんこう》を伴った。耳をつんざく爆発音とともに、オレンジいろの炎が空に四散する。

これだけの嵐のなかでも、美由紀は押し寄せる熱をはっきりと感じた。肌を焼き尽くすような温度が一瞬身体を包み、すぐに風によって遠くに運ばれていった。

轟音《ごうおん》とともに粉々になったトマホークの破片は、見えないカバーを失って、落下して海に降り注いでいく。広範囲に無数の水柱があがった。

しかしそれも、わずか数秒のことだった。海はすべてを飲みこみ、また荒れ狂う波となって防波堤に打ちつける。

瞬間的に生じたイレギュラーは、大いなる自然のなかに埋没していった。

心なしか、わずかに風が弱まってきた気もする。嵐は峠を越えた。天気は回復に向かっていくのだろう。

美由紀は振りかえり、クルマに向かって歩を進めた。リモコンキーを押してトランクの蓋《ふた》を跳ねあげる。誘導弾を撃ち終えた発射筒は軽かった。それを木箱に放りこんで、トランクを閉めた。

ぽかんとこちらを見ているふたりの男の視線に気づいた。

そういえば、海の家で働いているらしいふたりが近くにいた。意識には留《とど》めていたものの、半ば忘れていた。

ふたりとも、ただ呆然《ぼうぜん》として言葉もでないようすだった。話しかけられても、説明するのは面倒だった。美由紀は黙ってクルマに乗りこんだ。

エンジンをかけてワイパーを作動させたとき、雨が勢いを弱めていることに気づいた。西の空も明るくなっていて、雲の切れ間から陽の光が差しこんでいる。

明日はいい天気になるだろう。美由紀はステアリングを切ってクルマを車道に差し向けた。

ノイズだけが覆い尽くすスクリーンを、ジェニファー・レインは長いこと眺めていた。終わった。長い準備期間だった。短い夢だった。

胸にぽっかりと穴が開いたような空虚さがある。岬美由紀。またしても敗れた。見えないミサイルは、千里眼には通じなかった。

　思いがそこに及んで、ジェニファーは自分自身に憤った。

　なにを馬鹿な。あの女は千里眼などではない。すべては、岬美由紀の存在を見過ごしたベルデンニコフのせいだ。

　怒りの感情が、本来この場に必要とされる緊張と警戒心を呼び覚ました。

　ジェニファーは後方に迫った脅威をいちはやく察知した。ドレスのなかに隠していた小型拳銃《デリンジャー》を引き抜いて、素早く身を翻す。

　銃口は、ソファの背後に忍び寄っていた巨漢、ボブロフの眉間《みけん》にぴたりと当たっていた。

　一方、ボブロフの手にした自動拳銃《けんじゅう》は、まだジェニファーをとらえてはいなかった。ほんのわずかに逸《そ》れている。

　ふつうの女が相手なら、この男もただちに拳銃を構えなおすという賭《か》けに出ることだろう。だが、あいにくわたしは、そんな隙をみせるつもりはない。

　ボブロフは静止したまま、額に汗を浮かべていた。死の恐怖を覚えた猛獣は、獰猛《どうもう》さを失ってこのようにすくみあがるものだ。

「鈍いわね」ジェニファーは引き金を絞った。

　弾《はじ》けるような発射音とともに、ボブロフの眉間は撃ち抜かれた。その巨体は後方に倒れ、剝製《はくせい》の敷物のごとく大の字に床に寝そべった。

黒スーツのマフィアどもが、一様に怖《お》じ気づいた素振りをしめす。ジェニファーが立ちあがると、後ずさる者さえいた。

やはり、臆病者《おくびょう》か。ジェニファーは軽蔑《けいべつ》を覚えながら歩きだした。

「待て」ベルデンニコフが血相を変えて立ちふさがった。「このまま帰れると思っているのか」

「……今夜じゅうに小社の代理人があなたの資産すべてを差し押さえるわ。あなたはもう、わたしにとって何者でもない」

愕然《がくぜん》とした表情のベルデンニコフの脇を抜けて、ジェニファーは廊下へと歩を進めた。

「その女を殺せ！」ベルデンニコフの声が背後に飛ぶ。

だが、ジェニファーの行く手のマフィアは身動きひとつしなかった。廊下にたたずんでいた黒スーツらは壁ぎわに退いて、ジェニファーの進路をあけた。

愚かな。すべてを失った男に従う者など誰もいない。

「なぜだ」ベルデンニコフの声が邸内に響く。「なぜだー！」

エントランスまで来ると、黒スーツが扉を開け、うやうやしく頭をさげた。

再就職を望んでいるのだろう。気の毒だが、この組織ていどの人材ではマインドシーク・コーポレーションの戦力にはならない。

ナホトカの夜。冷たい夜気の向こうに汽笛が響いている。

港での仕事を終えた男たちが家族を連れて、レストランやバーへと繰りだす。

寒空の下、温《ぬく》もりの宿る街並みを、ジェニファーは歩いた。吐く息が白く染まる。視界が揺らぎだしていた。いつしか涙が頬をつたっていた。

独りだ。ジェニファーは心のなかでつぶやいた。わたしはいつも独りだ。

バラード

ついにこの日が来た。

岬美由紀は高鳴る胸を抑えながら、代々木体育館のS席におさまった。位置は中央寄りでステージも近い。ほぼベストポジションだ。

午後六時半の開演まで、あと十五分。もう座席はほとんど埋まっている。

ステージはまだ暗いが、人工の霧が漂う場内にはスポットライトの光線が交差し、幻想的なシンセサイザーのBGMも徐々に高鳴っていく。

もう間もなく、夢にまで見たセブン・エレメンツのステージを体験できる。

藍がはしゃいだ声をあげた。「すごい！　こんなに近いなんて」

「ラッキーよね」由愛香も満面の笑みだった。「台風で流れたチケットの振り替えが東京、しかもこんなにいい席だなんて！」

「やっぱわたしの日ごろのおこないがいいからでしょ」

「ちがうよ。美由紀がお偉いさんのコネ使ってくれたおかげ。そうでしょ？」

「え……」美由紀は言葉に詰まった。「さあ、ね。振り替えの手配したのはわたしだけど……。いいじゃない、べつに」

静岡のコンサート中止から一か月が過ぎていた。

美由紀はまたも防衛省に呼びだされて、いつものごとく会議室で絞られたが、今度ばかりは広門空将の説教もあっさりとしたものだった。

教官として臨時復帰していただけの美由紀はクビを申し渡されることもなく、逆に二等空尉への正式な復職を求められるありさまだった。

総理も感激している、と広門空将は上機嫌で告げてきた。防衛省長官から直々に賞賛を受けて、私も鼻が高い、そうもいった。美由紀はしらけた気分で聞き流した。手柄は空将および防衛省の関係者のものにすればいい。

臨床心理士としての日常に復帰できれば、それがなによりの報酬だと心から思った。

だが、美由紀はひとつだけわがままを聞いてもらっても、ばちは当たらないだろうとも感じた。セブン・エレメンツの東京公演のチケットが三枚欲しいと告げたところ、翌日には書留で郵送されてきた。ご丁寧に、防衛省の封筒だった。政府関係者の招待枠を分けてくれたらしい。

「来月新曲出るって」由愛香は入場の際に渡されたチラシを眺めていった。「あとはコンサートDVDの案内と……ほかのチラシはスポンサーの宣伝ばかりだね。いらないね」

差しだされたチラシを、美由紀は苦笑しながら受けとった。その文面をちらと見たとき、注意が喚起された。

ジャパン《J》・エア《A》・インターナショナル《I》の国際線、アジアの新しい航路についての宣伝だった。日付はきょうだ。今夜から第一便が就航するらしい。

その行き先を見たとき、かすかな感触が美由紀のなかに走った。

「香苗さん……」と美由紀はつぶやいた。

「え？　なに？」由愛香がきいた。「水落香苗さん？　彼女がその後、どうかした？」

「いいえ。認知療法ですっかりよくなって、最近は連絡も来ないけど……」

「なら、心配することないじゃない」

それはそうだ。しかし、彼女は近いうち四川省にいる母のもとに帰るといっていた。それも、可能な限り早く旅立つという。

場内が暗転した。ステージが白く浮かびあがる。

観客がいっせいに沸いて、立ちあがった。まだアーティストは姿を見せていないが、黄色い声援があちこちから飛んでいる。

「ごめん」美由紀は由愛香に告げた。「行かなきゃ」

「は？　なによ。いまからってときに……」

「わたしのぶんまで楽しんで。じゃ、後で電話するね」

後ろ髪をひかれるという言葉の意味を、これほど痛感したことはかつてない。

それでも、じっとしてはいられなかった。コンサートはまた観られる。人の心の支えになるチャンスは、決してやり直しのきくものではない。


湾岸線にクルマを飛ばし、成田空港の国際線ターミナルに着いたとき、八時発の中国・康定空港行きの便はすでに搭乗手続きを開始していた。

美由紀は混雑するロビーの人混みを抜けて、出発ロビー前の手荷物検査に並んでいる香苗の姿に目をとめた。

「香苗さん」美由紀は声をかけて近づいていった。

こちらに目を向けたのは、香苗と父親の水落雄一だった。ふたりとも驚いた顔をしている。香苗は、父を列に残して、美由紀のほうに走ってきた。

「どうしたの、美由紀さん」香苗は目を丸くしていた。「よくこの便だってわかったね」

「四川省康定市に新しい民間空港ができて、ＪＡＩの成田からの直行便が今夜から就航するって知ったから……。できるだけ早く旅立ちたいって言ってたでしょ。第一便に乗るにちがいないって、そう思ったの」

香苗は微笑した。「あいかわらず、なんでもお見通しね、美由紀さん……。でもきょうはたしか、コンサート観にいってるはずじゃなかった?」

「ああ、あれ? べつにいいのよ。……そっか。そういえば以前に電話で、きょうの予定を尋ねてたね」

「うん。美由紀さんの邪魔しちゃ悪いなと思って……」

「黙って日本を去ろうとしたの? そんな気遣いしないで。なにがあっても駆けつけるから。友達なんだし」

「ありがとう、美由紀さん。わたし、美由紀さんのおかげですっかり元気になれた。それだけじゃないの。大事なことも、たくさん教わったし」

「そう? どんなこと?」

「勇気とか、人を信じることとか……。数えあげればきりがないけど、なにより重要だったのは、自分が愛情を持たないかぎり、相手の愛情には気づきえないってこと……。まずこちらから信頼してこそ、相手の信頼を感じとることができるってことかな」

「それ、お父さんとのこと?」

「そう。それに、お母さんとのことでもあるの……。お父さんは一緒に中国に行こうって言ってくれた。向こうで暮らそうって……。夢みたい。心から望んでいたのに、叶《かな》わない夢だなって諦《あきら》めてたのに」

「よかったね、香苗さん。困ったことがあったら、いつでも連絡してきてね。どこへでも飛んでくから」

香苗はふっと笑った。「飛んでく……って、無茶だけはしないでね、美由紀さん。ちゃんと旅客機で来てね」

「もちろんそのつもりだけど」美由紀は笑いかえした。「でも友達のことだから、場合によってはまた規則を無視しちゃうかも」

「美由紀さん……」

「冗談だってば。じゃあ、香苗さん。気をつけてね。よい旅を」

「本当にありがとう、美由紀さん。あなたに会えてよかった。またね」

笑顔で手を振って、香苗は走り去っていく。父と合流し、微笑を交わしあう。水落雄一も、美由紀に会釈してきた。

美由紀が軽く頭をさげたとき、列が動きだした。香苗は父と手をつないで、ゲートへと進んでいく。

いつか見た夢が、ふたたびぼんやりと美由紀の目の前に浮かんだ。

幼少のころの美由紀には、両親の背はとても高く思えた。手を伸ばすと、父は笑顔でその手を握ってくれた。両親と手をつないだ。父が右手、母が左手。

香苗の姿が見えなくなると、美由紀は振りかえって歩きだした。観ることができなかったコンサート、おそらくいまごろはわたしの大好きなバラードを演奏していることだろう。

そのメロディを口ずさみながら、美由紀は胸の奥に宿るほのかな温かさを感じていた。

わたしは独りではない。いつも両親とともにいる。

解説

三浦天紗子

進化するヒロインは、ミステリファンの好物である。
コーンウェルの「検屍《けんし》官シリーズ」スカーペッタ、パレツキーの「V・I・ウォーショースキーシリーズ」私立探偵ヴィク、オコンネルの「マロリーシリーズ」NY市警巡査部長キャシー、P・D・ジェイムズの女探偵「コーデリア・グレイシリーズ」、ラヴェットの「精神分析医シルヴィアシリーズ」。日本に目を移せば、桐野夏生の「探偵村野ミロシリーズ」、雨宮早希の「EM（エンバーミング）シリーズ」村上美弥子、乃南アサの女刑事「音道貴子シリーズ」……等々。

進化にはふたつの意味がある。

ひとつは、ヒロインの社会的ポジションアップ。ヒロインたちはみな難事件を解決することによって、出世したり、頼りになる存在という評価を勝ち得ていく。信念のためならば体制や権威に楯《たて》突くことも辞さない彼女たち。女というハンディをものともせず、最後には水戸黄門の印籠《いんろう》のごとく一発逆転の力を見せつける。それは現実社会におけるトップダウンの窮屈さやジェンダーギャップの理不尽さにうんざりしている読者にとって、閉塞《へいそく》感への痛快な一撃になっている。

もうひとつは、内面の成熟という人間的魅力の進化。ヒロインたちは最初、美人で知的なスーパーウーマンとして颯爽《さっそう》と登場してくる。しかし、徐々に明かされていく過去や私生活。読者は、むしろ彼女たちの完璧《かんぺき》さではなく、巻を重ねるごとに見えてくる素の可愛らしさやもろさ、孤独感が愛《いと》おしくなってくる。

進化し続けるヒロインは、女性にとっては憧《あこが》れを抱きつつ共感できる大切な心の友。男性にとっては毅然《きぜん》とした風情に惚《ほ》れながら守ってあげたいと感じさせるマドンナなのだ。

そんな愛すべきヒロインの系譜に名を連ねるのが、松岡圭祐の「千里眼シリーズ」岬美由紀だ。卓越した臨床心理能力で数々の危機を乗り越えてきた美由紀は、「千里眼」の異名を取るスーパーヒロイン。英語やフランス語、ロシア語など数か国語を話し、少林寺拳法やムエタイなど数種の武術を操る。戦闘機や船舶、戦車だって運転できるのだ。

さて、本書『千里眼　ファントム・クォーター』は、「千里眼シリーズ」の通算十四作目、新シリーズ二作目に当たる。

自衛隊を除隊し、現在臨床心理士として働く岬美由紀。ある日、ロシアの政府関係者だというふたり組から、チェチェン難民の子どもたちのメンタルケアをしてほしいというボランティアを依頼される。自分の千里眼的能力に過剰な執着を見せるふたりに腑《ふ》に落ちないものを感じたが、子どものこととなるとすぐ熱くなってしまうキャラ。誘われるままに、ロシアへ行くことを決意する。空自時代の元上司から要請されていた国防危機対策チームへの参加を蹴ってまでも。ところが、空港へ向から運転中に美由紀は意識を失う。目覚めてみると、そこは閑散とした奇妙な街角だった――。

ファントム・クォーターと呼ばれるその場所で、主催者の本当の意図もわからないまま謎めいたゲームに参加させられる美由紀。一方、世界情勢はちらちらと不穏な動きを見せ始める。暗躍するロシアン・マフィア。解せない日本の株価の大暴落。防衛庁が入手した危険な極秘情報。美由紀が連れ去られた真の目的とは何か。幻惑のゲームから逃れる術《すべ》はあるのか。戦慄《せんりつ》の攻撃シナリオを書いているのは誰か。何層にも入れ子になったマトリョーシカのごときミステリー。それを読者は、ただ夢中で開けていくことになる。

本作のひとつのキモは、ある特殊なトマホークミサイルが日本を狙っているという設定だ。そのミサイルには、最新のステルス技術（戦闘機、ミサイルなどに電波吸収材などを表面加工し、レーダー探知しにくくする）を使ったミサイルカバーがかぶせてある。レーダー探知が不可能で、肉眼で見ることもできないために迎撃できない。そんなステルスカバーが現実にあるかどうか、真偽のほどはわからない。しかし、もともと、さまざまな分野のリアルな最新情報を、大掛かりなストーリーテリングに溶け込ませて書く著者である。メフィスト・コンサルティングと関《かか》わりのある新たな敵も登場して、今後への布石も十分、壮大なスケールで生み出される絶体絶命の事件は、ますますアイデアに満ちてきた。

さて、新シリーズになっていちばん変わったのは、事件解決のために美由紀が用いる臨床心理のアプローチである。

本作では、カウンセラーの美由紀が自分を慕う女性PTSD患者を快復させるというサイドストーリーが用意されている。最新の精神医学的知識に基づいたプロセスは、読んでいるこちらまでが、美由紀に直接カウンセリングしてもらっているかのようで得した気分。

著者自身が新シリーズ一作目『千里眼The Start』のあとがきで書いていた通り、現在、メンタルの問題の解決には、より科学的な視座が求められるようになってきている。そうした実践的な研究成果や情報を物語にうまくブレンドさせたことで、いっそうのリアリティーが増した。新シリーズは、心理学ビギナーから上級者までをうならせる作品群として楽しめるはずだ。

ちなみに、本作で女性クライアントが美由紀に打ち明けるのは、父親との問題である。

美由紀もまた、両親とケンカしたまま死に別れた過去を持つ。美由紀が彼女に並外れた優しさで手を差しのべてしまうのはそのためだ。女性クライアントが父親との確執を拭《ぬぐ》い、幸せになること。それは美由紀の生き直しでもある。

これまで打ち明けることのなかった真情を吐露し、本作でまた一皮むけた岬美由紀。等身大の弱さを認めることもひとつの進化なのだから。その前進に立ちあえた読者は幸運だ。ラストのページを読むとき、きっとこの本を抱きしめたくなることだろう。

（ライター・ブックカウンセラー）

松岡圭祐　2007年著作リスト

『千里眼　The Start』（角川文庫・１月）
『千里眼　ファントム・クォーター』（角川文庫・１月）
『千里眼の水晶体』（角川文庫・１月）
『千里眼　ミッドタウンタワーの迷宮』（角川文庫・３月）

『催眠Ⅱ　催眠高校』（講談社文庫・４月刊行予定）
『催眠Ⅲ　催眠指南』（講談社文庫・４月刊行予定）

次回作（発売中）

千里眼の水晶体

PASSWORD : rss1468

本書は書き下ろしです。

この物語はフィクションです。登場する個人・団体等はフィクションであり、現実とは一切関係がありません。

千《せん》里《り》眼《がん》　ファントム・クォーター

松《まつ》岡《おか》圭《けい》祐《すけ》

角川文庫 14549

平成十九年一月二十五日　初版発行

発行者—井上伸一郎
発行所—株式会社角川書店
東京都千代田区富士見二—十三—三
電話・編集　(〇三)三二三八—八五五五
〒一〇二—八〇七八
発売元—株式会社角川グループパブリッシング
東京都千代田区富士見二—十三—三
電話・営業　(〇三)三二三八—八五二一
〒一〇二—八一七七
http://www.kadokawa.co.jp
印刷所—暁印刷　製本所—BBC
装幀者—杉浦康平

ま 26-102　ISBN978-4-04-383603-1　C0193

角川文庫発刊に際して

角川源義

第二次世界大戦の敗北は、軍事力の敗北であった以上に、私たちの若い文化力の敗退であった。私たちの文化が戦争に対して如何に無力であり、単なるあだ花に過ぎなかったかを、私たちは身を以て体験し痛感した。西洋近代文化の摂取にとって、明治以後八十年の歳月は決して短かすぎたとは言えない。にもかかわらず、近代文化の伝統を確立し、自由な批判と柔軟な良識に富む文化層として自らを形成することに私たちは失敗して来た。そしてこれは、各層への文化の普及滲透を任務とする出版人の責任でもあった。

一九四五年以来、私たちは再び振出しに戻り、第一歩から踏み出すことを余儀なくされた。これは大きな不幸ではあるが、反面、これまでの混沌・未熟・歪曲の中にあった我が国の文化に秩序と確たる基礎を齎らすためには絶好の機会でもある。角川書店は、このような祖国の文化的危機にあたり、微力をも顧みず再建の礎石たるべき抱負と決意とをもって出発したが、ここに創立以来の念願を果すべく角川文庫を発刊する。これまで刊行されたあらゆる全集叢書文庫類の長所と短所とを検討し、古今東西の不朽の典籍を、良心的編集のもとに、廉価に、そして書架にふさわしい美本として、多くのひとびとに提供しようとする。しかし私たちは徒らに百科全書的な知識のジレッタントを作ることを目的とせず、あくまで祖国の文化に秩序と再建への道を示し、この文庫を角川書店の栄ある事業として、今後永久に継続発展せしめ、学芸と教養との殿堂として大成せんことを期したい。多くの読書子の愛情ある忠言と支持とによって、この希望と抱負とを完遂せしめられんことを願う。

一九四九年五月三日

角川文庫ベストセラー

霊柩車No.4　松岡圭祐

鋭い観察眼で物言わぬ遺体に残された手掛りから死因を特定し真実を看破する。知られざる職業、霊柩車ドライバーが陰謀に挑む大型サスペンス！

千里眼　The Start　松岡圭祐

累計四百万部を超える超人気シリーズがまったく新しくなって登場。日本最強のヒロイン、臨床心理士岬美由紀の活躍をリアルに描く書き下ろし！

千里眼の水晶体　松岡圭祐

高温でなければ活性化しないはずの旧日本軍の生物化学兵器が気候温暖化により暴れ出した！ワクチンは入手できるのか？　書き下ろし第3弾！

死者の学園祭　赤川次郎

立入禁止の教室を探検する三人の女子高生。彼女たちは背後の視線に気づかない。そして、一人一人、この世から消えていく……。傑作学園ミステリー。

人形たちの椅子　赤川次郎

工場閉鎖に抗議していた組合員の姿が消えた。疑問を持った平凡なOLが、仕事と恋に揺れながらも、会社という組織に挑む痛快ミステリー。

素直な狂気　赤川次郎

借りた電車賃を返そうとする若者。それを受け取ると自らの犯行アリバイが崩れてしまう……。日常に潜むミステリーを描いた傑作、全六編。

輪舞《ロンド》―恋と死のゲーム―　赤川次郎

様々な喜びと哀しみを秘めた人間たちの、出逢いやすれ違いから生まれる愛と恋の輪舞《ロンド》。オムニバス形式でつづるラヴ・ミステリー。

角川文庫ベストセラー